L. Egarezzo: Mord im Ukranenland

Lupus Egarezzo

Mord im Ukranenland

Books on Demand GmbH

Norderstedt

Alle Personen und Handlungen in diesem Buch sind fiktiv.

Bisher von Lupus Egarezzo erschienen:

„Bernsteinhändler", BoD, 2014

„Vogelinsel", BoD, 2015

„Drachenrad", BoD, 2016

„Schattenhunde", twentysix, 2017

www.legarezzo.de

ISBN: 9783752824025

Herstellung und Verlag: BoD- Books on Demand, Norderstedt

„Früh oder spät schlägt
Jedem von uns die Stunde."

(La Paloma)

Urschrei

Graue Nebel waberten über das unendlich
ferne Wasser, über das stille Wasser. Kein Kräuseln
über der Oberfläche, kein Zischen und kein Hauch.
Der Morgen war schon hell, aber die dünne
Sonnenscheibe hing über dem Wasser wie ein blass
toter Mond – kahl und strahlenlos, getragen vom
Nebelgries oder unsichtbaren Stelzen. Dahinten in
der Ferne über dem unendlich stillen Wasser.

Der Alte schlich zwischen morschen
Erlenstämmen hindurch, die von den Kormoranen

noch nicht vernichtet worden waren. Braune Stümpfe wie angekohlt, manche mannshoch, andere reichten nur noch bis zu den Knien in dem sumpfigen Uferwasser.

Der Mann watete barfuss und sicheren Schritts durch das eisige Nass, während der Saum seines grauen ärmellosen Obergewandes, das um die Taille durch einen Lederriemen gerafft wurde, gelegentlich an etwas tieferen Stellen durch das stehende Gewässer geschleift wurde. Es war bitterkalt, aber noch zu warm, als dass sich jetzt morgens noch kleine Eisränder um die toten Erlenstämme gebildet hätten. Vor ein paar Wochen noch. Jetzt war es schon zu spät im Jahr.

Der Mann mit dem rostroten Bart trug eine Stofftasche um die Schulter und am Gurt seitlich eine lederne Scheide, in der ein Dolch steckte. Als er den Schilfgürtel erreichte, blieb er stehen und blinzelte der toten Sonnenscheibe entgegen. Es war still, manchmal gluckste das Wasser im Schilf, manchmal platschte ein Frosch irgendwo ….

nirgendwo. Der Mann wartete, senkte seinen Blick auf das mannshohe Röhricht, das jetzt wie undurchdringlich vor ihm stand. Eine graubraune Mauer mit grünen Einsprengseln und grünem Dach. Er wartete.

Dann kam der Ruf. Aus weiter Ferne. Er schien über Wasser und Grasland anzuschwellen, bis er an das Ohr des einsamen Menschen drang. Der Mann nickte. Dumpf rollten die Töne herüber. Aus den Altwässern, aus dem Schilf von der anderen Seite. Sein Freund, der Moorochse.

Der Alte ging zielstrebig auf eine dunkle Stelle im Schilf zu und teilte die Stängel, schlüpfte in das Gestrüpp hinein und war nach drei, vier Schritten hindurch. Rechts verbarg sich sein Boot. Der Mann nahm das Bündel von seiner Schulter und warf es hinein, dann schob er den Einbaum ins Tiefe, watete bis zu den Oberschenkeln ins Wasser, zog sich hoch und schwang sich ins Boot. Nahm den Paddel und führte zwei, drei Schläge aus, bis das

Gefährt durch seine Trägheit leise ins Offene trieb. Er ließ es treiben.

Wieder rollte der Balzruf des Moorochsens herüber. Der Mann saß jetzt still, dann riss er beide Arme nach oben und stieß einen fürchterlichen Schrei aus, einen Schrei, der seine Lungen, seine Stimmbänder zerreißen wollte, der seinen Kopf fast zum Platzen brachten.

„Ich bin. Ich bin hier. Ich weiß, wer ich bin. Ich. Ich Bogemil, der Fischer."

Ausgrabung

Drei junge Leute hatten es sich auf den Bänken draußen vor der Cafeteria an einem der grob gefügten Holztische bequem gemacht und tranken aus großen Pötten Kaffee: zwei Männer und eine Frau. Die Männer trugen graue Kaftan ähnliche Überwürfe, darunter weitärmelige dunkelgrüne Blusen und braune lange Beinkleider. Ihre Füße steckten in Lederlatschen. Alle drei befanden sich im studentischen Alter. Die Frau war ähnlich gekleidet. Sie trug ein langes weißes

Baumwollkleid, darüber eine Art dunkelgrüner Schürze, die an den Rändern mit zickzackförmigen Stickereien verziert war. Ihre Füße steckten ebenfalls in hellbraunen Lederschuhen, die mit Riemchen an ihren Fesseln befestigt waren. Ihr Schmuck bestand aus drei Schnüren, auf denen einige bunte Steinchen aufgereiht waren, und die sie um den Hals trug, und einem hölzernen, glatt polierten dicken Armreifen um ihr Handgelenk.

Es war noch früh am Tag, der gutes Wetter versprach: blauer Himmel mit viel Sonnenschein. Die Vögel zwitscherten in dem grünen Laubdach der mächtigen Bäume, unter denen die drei saßen. Ansonsten herrschte herrliche Ruhe, und auch die Bedienung im Kaffeehäuschen saß ungestört am Ausgabefenster und las den Nordkurier. Die Parkplätze neben dem Imbiss waren noch leer. Kein Besucher zu sehen.

„Heute wird´s voll. Bei dem Wetter", meinte die junge Frau.

„Na denn: viel Spaß bei der Arbeit!" lachte einer der beiden jungen Männer. Sein braun gebranntes Gesicht wurde von einem Vollbart eingerahmt. Sein Gegenüber war glatt rasiert.

„Wo fängst Du heute an, Arno?" wollte die Frau wissen.

„Ich glaube, in der Schmiede. Das erledige ich heute Morgen. Nachmittags ist es mir da zu heiß. Das soll ein anderer machen. – Und Du, Henny?"

„Wie immer. Am Webstuhl."

Dann war wieder Ruhe. Nach einer Weile reckte sich der Dritte.

„Na, Freddie, noch nicht ausgeschlafen?" wollte sein Kumpel wissen.

„Doch, doch. Bin nur zu faul heute. Könnte mich am Besten irgendwo ins Gras hinhauen und die Sonne ins Gesicht scheinen lassen. Was macht eigentlich die Ausgräbertruppe? Kommen die heute auch noch?"

„Keine Ahnung. Vielleicht am Nachmittag. Zum Lagerfeuer. Die sind jetzt in Grüttow. Da soll schwer was los sein."

„Hab ich auch gehört."

„Was denn?" fragte Henny.

„Die haben ´ne Leiche gefunden. Da oben", rief jetzt die Bedienung vom Ausgabefenster, die zugehört hatte. „Da steht ein ganzer Artikel im Nordkurier drin heute Morgen. Hier."

Und sie hielt die Zeitung hoch.

„Was für ´ne Leiche? ´Ne richtige Leiche?"

„Nee. Keine richtige. So ´ne Art Moorleiche. Weißte? Von früher. Dafür graben die ja aus."

„Die haben aber keine Leiche gesucht, bloß Werkzeuge und so. Das war Zufall", mischte sich Arno jetzt ein. Die Frau vom Kiosk ließ aber nicht locker: „Mag ja wohl sein, aber trotzdem. Und hier steht, dass der Tote wohl nicht im Krankenbett gestorben ist. Der ist erschlagen worden. Der hat einen eingeschlagenen Schädel. Das war so wie damals beim Ötzi. Der in den Alpen."

„Interessant", bemerkte Henny.

„Ja, interessant. War früher wohl nicht anders als heute: irgendwann wird irgendwo irgendeiner erschlagen. So ist das Leben", kommentierte Arno.

„So ist der Tod", ergänzte Freddie. „Los, wir müssen."

Freddie sammelte die Kaffeepötte ein und stellte sie aufs Brett vor der Ausgabe:

„Schönen Tag noch, Ingrid. Es geht los. Da kommt schon das erste Auto."

Während ein dunkelblauer Peugeot 207 langsam suchend auf den Parkplatz unter den Bäumen einfuhr, erhob sich das Trio ein wenig träge und verließ den kleinen Park auf der entgegen gesetzten Seite. Ein gut ausgetretener Pfad führte am Waldsaum entlang durch eine langgestreckte Brachwiese, über die die ersten Morgenschmetterlinge flatterten. Links und rechts Holzstöße zum Abtransport bereit, gelegentlich ein Unterstand.

„Ganz schön starke Truppe, die Ausgräber",
setzte Arno das Gespräch fort. „Woher kommen die
eigentlich?"

„Ich glaube aus Greifswald", wollte Henny
wissen. „Der eine Typ hat mir das gesagt. Oder er
selbst kommt daher. Da ist ein Prof bei und sonst
auch nur Studenten, Archäologen. Sechs Leute."

„Ach, Du kennst schon einen?" wollte
Freddie wissen.

„Kennen nicht. Mit dem hab ich nur
gesprochen. Keine Bange."

„Ich sag ja nichts."

Inzwischen war der Wald zu Ende, und sie
hatten einen ausgeblichenen Staketenzaun erreicht,
der wie hölzerne Panzersperren menschliche Feinde
und Tiere abhalten sollte. Eine Bohlenbrücke führte
hindurch über einen kleinen glucksenden Bach. Auf
dem schmalen Weg liefen unsere drei Komparsen an
Palisaden entlang bis zu einem großen Tor ins
Ukranenland hinein.

Am Lagerfeuer

Fröhliches Lachen dringt vom Ufer der
Uecker herüber in den sommerlichen Abend hinein.
Arno holt das frisch gebackene Brot aus dem
Lehmofen und trägt es hinüber auf eine Holzplanke
in der Nähe des Lagerfeuers, das von den
auswärtigen Handwerkern schon seit einer knappen
Stunde am Flackern gehalten wird. Henny bringt
ihre selbst geschlagene Butter mit. Über dem Feuer,
suspendiert von einem Dreibein, hängt der tönerne
Kessel mit der Brennnesselsuppe. Freddie lässt die

Esse in der Schmiede ausgehen und wandert langsam zu der entspannten Runde, die es sich rund um das Feuer bequem gemacht hat. Am Flussufer schnattern Gänse und man hört das beruhigende Ploppen beim Öffnen der Bierflaschen. Die Menschen, die hier in geselliger Runde ihren Feierabend genießen, sind wahrscheinlich keine Ukranen. Wahrscheinlich noch nicht einmal direkte Nachfahren. Aber: wer weiß? Die Menschheit geht manchmal seltsame Wege.

**

Im Jahre 1993 hatte man im damaligen Landkreis Ueckermünde die Ideen eines dänischen Archäologen aufgegriffen, der in seiner Heimat bereits Erfahrung mit historischen Werkstätten gemacht hatte. Dahinter steckte das Projekt, eine slawische Handels- und Handwerkersiedlung des 9. und 10. Jahrhunderts aufzubauen. Man verfolgte dabei zweierlei Ziel. Zum Einen wollte man ein

Beschäftigungsprojekt für langzeitarbeitslose Jugendliche schaffen, zum anderen sollte daraus ein Besucherzentrum entstehen, in dem man den Menschen die Lebensweise und Kultur des Volkes, das zu seiner Zeit Ukranen – Grenzvolk – genannt wurde, nahebringen wollte. Die Ukranen siedelten damals zwischen den Wilzen und den Pommeranen in dieser Gegend. Dieses Siedlungsgebiet reichte im Osten bis zur unteren Oder, im Norden bis ans Oderhaff, und die Westgrenze wurde durch die Zarow und die Friedländer Wiese gebildet. Im Süden war dann am undurchdringlichen Urwald an der Finow Schluss.

Das Museumsdorf mit seinen idyllischen Hütten, die meistens nur einen Arbeits- und gleichzeitig Wohnraum umfassten, wurde als typische Siedlung mit Wallanlage am Flussufer angelegt. Am Eingang befand sich die Wachstube. Es gab eine Mühle, Backöfen, einen Räucherstamm, den Töpferofen, ein Gerber- und Musikerhaus, das Haus des Wollwebers und eines für den

Schuhmacher, eine Schmiede, ein Priesterhaus und eine Kultstätte für die slawische Götterwelt.

Tagsüber und zu den Öffnungszeiten wurden die Handwerke durch junge Leute betrieben, die in der Tracht der damaligen Zeit den Besuchern Leben und Wirken des mittelalterlichen Volkes demonstrieren sollten. Und nebenher wurden neue Hütten errichtet und alte Anlagen ausgebessert. Dazu engagierte die Verwaltung Handwerksbetriebe aus der Umgebung. Heute Abend waren noch andere Gäste gekommen: ein Ausgrabungsteam, das gut sechzig Kilometer weiter nördlich arbeitete, sich aber auch für das Museumsdorf interessierte. Die Studenten mit ihrem Grabungsleiter schauten gerne mal abends vorbei, um den Tag in geselliger Runde ausklingen zu lassen.

***

Manche saßen direkt auf dem Rasen, andere hatten es sich auf Bierbänken bequem gemacht.

Einige liefen noch hin und her, verteilten Bier oder Weingläser. Es gab auch gegrillte Würstchen und Schweinenackensteaks. Ein lustiges Ukranenvölkchen von knapp zwanzig Leuten: Komparsen, Schreiner, die mit Neubau und Instandsetzung beauftragt waren und Ausgräber. Und mittendrin flackerte lustig ein großes Lagerfeuer. Der Abend war kühl, aber nicht frostig. Die allgemeine Laune prächtig.

Henny hatte rumgesucht und dann doch ihren Platz auf einer Bierbank neben dem Studenten gefunden, den sie schon kannte. Sie nippte an einem Rotweinglas und kam schnell zur Sache:

„Ihr habt ja ´nen tollen Fund gemacht da oben in Grüttow. Die Zeitungen stehen ja voll davon. Erzähl mal."

Der junge Mann lächelte ein wenig stolz und blickte in die Flammen hinein, gute zwei Meter vor ihm.

„Ja, ist schon spannend. Damit hatten wir eigentlich nicht gerechnet. Aber Glück muss man haben."

„Und, was ist mit der Leiche. Nun erzähl doch."

Der Archäologiestudent nahm einen guten Schluck aus seiner Lübzer Flasche:

„Was gibt es da zu erzählen. Na ja, der ist noch ziemlich gut erhalten – bis auf den Schädel. Ich meine, gut erhalten als Leiche, als Toter. Der hat ja wohl so tausend Jahre da drin gelegen, in der Erde."

„Solange?"

„Ja. Genau können wir das noch nicht sagen. Dafür gibt es Experten. Die können den genauen Zeitpunkt bestimmen. Wir nehmen das nur an. Das ist nicht offiziell. Wir schätzen das wegen der Kleidungsreste und den Sachen, die er bei sich hatte."

„Waren das wertvolle Stücke? Ich meine, Schmuck und so?"

„Nee, nee. Kein Schmuck. Wenigstens bis jetzt noch nicht. Aber vielleicht kommt das noch. Andere Sachen. So ´ne Art Tasche, aber da ist nicht mehr viel von übrig. ´Nen Gürtel. ´Nen Ledergürtel."

„Waffen? Schwert oder Messer?"

„Nee. Davon auch nichts."

„Aber der soll doch den Schädel eingeschlagen gehabt haben."

„Sieht so aus."

Beide nahmen noch einen Schluck aus ihren Getränkebehältern. Dann ließen sie sich eine Weile von den tanzenden Flammen verzaubern. Der Student wollte gerade ein neues Gesprächskapitel aufschlagen, als auf der anderen Seite des Flammenmeeres lustige Töne erklangen. Jemand hatte ein Akkordeon mitgebracht. Man konnte ihn durch Flammen und Rauch schlecht erkennen, aber es war ein ziemlich langer Typ, der auch nicht mehr zu dem jungen Gemüse gehörte. Erst seichte, dann volle Akkorde tönten herüber. Das waren kein Rap und auch kein Techno, nicht einmal deutsche Schlagermelodien.

„Das ist der Boss von den Schreinern, der spielt uns manchmal seine Shanties vor", bemerkte Henny.

„Schön. Romantisch. Da könnte man fast bei einschlafen."

„Ihr seid sicher müde von der Gräberei den ganzen Tag bei der Hitze, nicht?"

„Ein bisschen schon. Ich glaube, wenn ich die Flasche hier auf habe, mach ich Schluss für heute Abend."

„Schon so früh?"

Er schaute auf seine Armbanduhr: „Ist ja schon neun vorbei, Mensch."

Die Frau stand auf: „Komm, ich hol Dir noch ne Flasche. Bin gleich wieder da."

Und verschwand. Der Mann mit dem Schifferklavier hatte ein neues Stück begonnen. Der junge Mann hob interessiert den Kopf und lauschte angestrengt durch das Geschwätz rings um ihn herum, fixierte den Musiker auf der anderen Seite des Feuers mit starrem Blick. Bei der Melodie formten sich ungewollt und gegen jeden Widerstand altbekannte Worte in seinem Kopf:

„Ein Wind weht von Süd und zieht mich hinaus auf See,
mein Kind, sei nicht traurig, tut auch der Abschied weh.
Mein Herz geht an Bord und fort muss die Reise geh'n,
Dein Schmerz wird vergeh'n und schön wird das Wiederseh'n."

Er stand auf und warf einen letzten Blick auf den Musiker. Als Henny mit dem Bier zurückkam war ihr Gesprächspartner verschwunden.

Odo

Ein Mann machte sich auf aus seinem kleinen Heimatort, um zu Fuß bei Wind und Wetter, Sonne und Regen, in eine sumpfige Ebene zu wandern und dort einen anderen Mann zu treffen, der davon aber noch nichts wusste. Der Wanderer war guten Mutes, ging mit wachen Sinnen. Nach einiger Reisezeit, als er sich schon dem nächsten größeren Ort näherte, nahm er in der Ferne abseits vom Weg etwas wahr, das ihn stutzig machte. Er verließ den befestigten Weg, ging einige Meter ins wilde Land hinein und machte einen grausigen Fund: eine männliche Leiche.

Der Tote war von zahlreichen Wunden übersät, besonders am Kopf, und über und über mit Blut bedeckt. Als der Wanderer näher kam, verscheuchte er einige wilde Hunde ins nahegelegene Gebüsch. Der Tote war wohl von mehreren Personen erschlagen worden. Der fremde Wanderer deckte die Leiche mit umher liegenden Steinen notdürftig zu und, nachdem er sich die ganze Situation gründlich eingeprägt hatte, ging er in das nahe Dorf hinein. Er hatte einen Auftrag, den nur er kannte, und die Ermittlungen, die er jetzt führte, passten in diesen Auftrag hinein.

Nachdem er Quartier bezogen hatte, befragte er einige Menschen nach der Identität des Toten draußen vor dem Dorf. Wie sollte es anders sein: eine Mauer des Schweigens stand ihm gegenüber. Aber unser Detektiv blieb hartnäckig, und so notierte er für sich nach einigem Insistieren den Namen des Opfers (es gibt immer welche, die

Geheimnisse nicht für sich behalten können). Es handelte sich bei dem Opfer um einen Einwohner dieses Dorfes.

Die Ermittlungen gingen weiter. Die gleiche Quelle, die ihn bisher unterrichtet hatte, gab ihm noch zwei weitere Namen mit auf den Weg. Die sollte der Fremde auch befragen. Sie würden auch von hier kommen und mehr wissen. Der Ermittler fand sie nach einigem Suchen und nahm sie ins Verhör:

Nein, sie hätten mit der Ermordung des besagten Menschen nichts zu tun. Zumindest seien sie nicht dabei gewesen und hätten sich an dem Geschehen auch nicht direkt beteiligt. Und im Übrigen, was ihm einfiele, sich als Fremder in Dorfangelegenheiten einzumischen; die Sache käme von oben, und somit könne ohnehin niemand belangt werden.

Stecken alle unter einer Decke und die Obrigkeit möglicherweise dazu, muss man eben letztere auch befragen, will man weiterkommen. So suchte er die Vertreter der Dorfverwaltung auf und stellte sie zur Rede. Weshalb draußen vor ihren Toren ein erschlagener Mann läge, was der eventuell verbrochen hätte, und wer an seiner Tötung beteiligt gewesen wäre.

„Der Mann da draußen hatte seinen Tod verdient. Er ist nach einem rechtmäßigen Verfahren verurteilt worden wegen Verunglimpfung der Obrigkeit und Gotteslästerung", gab man ihm zu verstehen. Der Ermittler verlangte Akteneinsicht: Man zeigte ihm einen Brief von höchster Stelle – der Frau des Regenten dieses Landes. Dieses Schreiben beinhaltete sowohl die Anschuldigungen als auch Verfahrensvorschläge für die Aburteilung.

Der Fremde musste zur vollständigen Aufklärung noch den letzten Schritt tun: nach ganz oben vordringen. Man bedeutete ihm, dass der Regent sich nicht in der Nähe befände, sondern eine notarielle Angelegenheit erledigen müsste. Da nämlich der durch Steinigung zu Tode Gekommene keine Erben hinterlassen hätte, fiele nunmehr dessen

Grund und Boden dem Volke zu, und der Regierungschef befände sich draußen zur Inaugenscheinnahme. Man sagte dem Manne noch, in welcher Richtung das Grundstück sich befände.

Der Wanderer machte sich wieder auf – voller Gewissheit, dass er seinen Auftrag bald erfüllt haben würde. Er traf den Regenten an jenem Ort und redete mit ihm und sprach:

„So spricht der Gott: Du hast gemordet, dazu auch fremdes Erbe geraubt! An der Stätte, wo Hunde das Blut des Erschlagenen geleckt haben, sollen Hunde auch dein Blut lecken."

Der Fürst erwiderte: „Hast du mich gefunden, mein Feind?"

„Ja, ich habe dich gefunden, weil du dich verkauft hast, Unrecht zu tun vor Gott. Ich will Unheil über dich bringen und dich vertilgen samt deinen Nachkommen. Und auch über Deine Frau hat Gott geredet und gesprochen: Die Hunde sollen sie fressen an der Mauer Deiner Festung."

Das Unrecht, von dem hier die Rede ist betrifft zum Einen die Aneignung von Besitz durch die Oberschicht durch Gewalt, die auch vor Mord nicht zurückschreckt. Zum anderen geht es um den Widerstand alter heidnischer Religion gegen das vordringende Christentum. Der Mann Odo, der sich dieser Aufgabe verschrieben hatte, sah sich selbst als Prophet, als Instrument Gottes. Als er sich aufmachte, kannte er den Schuldigen bereits und hatte Instruktionen von Gott erhalten: sein geheimer Auftrag. Es gibt auch keine Gewaltenteilung: hier die Polizei, dort die Rechtssprechung: Odo findet den Schuldigen, und der Urteilsspruch folgte auf dem Fuße.

Ein Urteil, das auf den ersten Blick passend zur Tat erscheint – sogar mit allen Randerscheinungen: gleicher Ort und die gleichen Hunde, die das Blut lecken werden. Allerdings wird das Urteil nicht von Menschen gesprochen – und deshalb auch nicht sofort vollstreckt.

Der heidnische Gegenspieler des Toten hatte den Fischer Bogemil beauftragt, seinen christlichen Rivalen zu erschlagen. Er ging später unter in den folgenden kriegerischen Auseinandersetzungen. Die Hunde leckten das Blut von seiner Rüstung, als diese in einem Teich gereinigt wurde.

****

Was war geschehen?

Für den Herzog aus Polen und seine Vasallen war der Ermordete immer schon ein Feind gewesen – noch mehr jedoch, als der das Christentum annahm. Und er war eifersüchtig auf dessen Besitztum. Der Unglückliche besaß ein fruchtbares Stück Land in der Nähe von Usedom, auf das der Herzog scharf war. Er wollte es als Lehen vergeben und beackern lassen und von den Erträgen etwas abbekommen. Der ursprüngliche Besitzer erhielt ein Kaufangebot, aber ging nicht darauf ein.

Nachdem der Anbieter sich bei seiner Frau beklagt hatte, kam die mit einer List daher, um den Handel doch noch auf ihre Weise über die Bühne zu bringen. Sie schrieb Briefe in ihres Mannes Namen an die Obersten des Ortes, an dem der Grundbesitzer wohnte. Darin verleumdete sie ihn, er hätte über ihren Mann und die Götter gelästert. Sie schlug auch zwei bestochene Zeugen vor, die das bestätigen konnten. Auf diese Anschuldigung stand die Todesstrafe.

Bei einem Dorffest, an dem der Angegriffene teilnahm, wurden dann plötzlich die Anschuldigungen vorgebracht, und Bogemil erklärte sich bereit, das Urteil zu vollstrecken. Jetzt stand der Inbesitznahme des Landbesitzes des Angeklagten durch den Herzog nichts mehr im Wege. Aber dann kam der christliche Prophet Odo ins Land und entlarvte die Untat.

Alltag

„Junge, kannst Du mir mal den Zollstock
herbringen?"

Sie nannten ihn nur „Junge", obwohl er ja
einen Namen hatte, einen Namen, den ihm seine
Eltern gegeben hatten. Das war schon länger her.

„So ist es brav. Du wirst ja jeden Tag größer.
Mutter, schau mal. Der hat mir den Zollstock
gebracht. Der ist schon richtig groß."

„Ja, ja. Schon groß. Bald schon zu groß",
äußerte sich die Frau in den Fünfzigern verdrießlich.
Sie saß auf einer Gartenbank neben der Werkstatt

und blätterte in einem Magazin, in dem über europäische Adelsfamilien berichtet wurde. Auf dem Beistelltischchen daneben stand eine leere Kaffeetasse:

„Ich möchte bloß wissen, wo Ingrid solange bleibt. Die ist schon seit einer halben Stunde weg. Nur um einen Liter Milch zu holen."

Der Mann in der Werkstatttür sagte nichts und fing an, ein paar Bretter auf Stehböckchen auszumessen. Der Junge stand dicht bei und blickte nach oben, sah dem Handwerker zu, wie der das Maß anzeichnete und dann mit einer Stichsäge die Bretter zuschnitt:

„Pass auf, sonst fällt Dir gleich was auf den Kopf."

Und der Junge ging einen Schritt zurück.

„Wo Ingrid wohl bleibt", seufzte es von der Bank herüber.

„Hör auf zu quengeln. Die kommt wohl gleich. Reg mich nicht auf."

„Ich geh sie suchen."

Die Frau legte ihr buntes Heft zur Seite, zog ihre Strickjacke zusammen und verlies den Hof. Wohnhaus und Werkstatt lagen an einem Waldrand, und von dort führte ein abschüssiger Fahrweg zwischen Getreidefeldern und Kuhwiesen zum Dorf. Bei den ersten Häusern war eine junge Frau zu sehen, die etwas in einer Stofftasche trug. Sie ging gemächlich den Fahrweg hinauf.

„Ingrid!" rief die Frau aus Leibeskräften. „Wo bleibst Du die ganze Zeit?"

Von unten wehte nur ein dünner Sprachfetzen herauf, den niemand hören konnte. Die junge Frau schien ihren ohnehin gemächlichen Gang noch etwas mehr zu verlangsamen. Als sich die beiden Frauen kurze Zeit später auf dem Weg trafen, nahm die ältere ihr den Beutel ab:

„Wo warst Du solange?"

„Bei Henrichs. Die hatten Schokoladenhasen. Ich wollte einen kaufen für den Kleinen. Aber ich hatte nicht genug Geld bei. Und die Henrich wollte mir den Hasen so nicht geben."

„Was hast Du den Henrichs denn gesagt?"

„Ja, dass ich den Hasen haben wollte."

„Und wofür?"

„Für uns."

„Und sonst nichts?"

Die Alte setzte einen lauernden Blick auf.

„Ja, sonst nichts. Ich sag doch nichts."

„Du sollst das tun, was Dein Bruder und ich Dir sagen, und sonst nichts. Lass die Henrichs in Frieden. Die mögen uns nicht. Das weißt Du ja. Wenn Du Deinen Mund nicht halten kannst, dann gehst Du nicht mehr ins Dorf. Hast Du das verstanden?"

Die andere blickte zu Boden:

„Ich dachte nur .... wegen dem Jungen."

„Du kannst nicht denken. Du bist dumm. Und lass den Jungen. Er geht Dich nichts an. Komm jetzt."

Sie erreichten den Hof.

„Ingrid wollte einen Osterhasen aus Schokolade für den Jungen kaufen. Deshalb hat sie so rumgeklüngelt."

„Hat sie was gesagt?"

„Glaub ich nicht."

„Gut, ich hol uns Süßigkeiten, wenn ich hier fertig bin, aber nicht bei denen. Die sind mir zu neugierig. Ich fahr nachher zu ALDI."

„Willst Du den tatsächlich noch mehr verwöhnen?"

„Ach was. Der hat ja sonst nichts. Lass mich mal."

***

Es war noch recht frisch am Abend dieser vor-österlichen Zeit, und der Mann zündete einen Heizofen mit Sichtscheibe in dem kleinen Wohn- und Esszimmer an. Für den Jungen gab es zum Abendbrot Milchsuppe mit eingebröckelten Schwarzbrotstückchen. Er hatte bereits seinen schmuddeligen Schlafanzug an und löffelte die Suppe teilnahmslos in sich hinein.

„Du musst ihn nicht so verwöhnen", kommentierte die Mutter.

„Er muss ja schließlich leben", war die Antwort ihres Sohnes: „So oder so."

Dann meldete der Junge sich selbst zu Wort: „Wann komme ich wieder nach Hause?"

„Das haben wir Dir doch schon tausendmal gesagt. Es liegt an Deinen Eltern. Wenn Dein Vater Dich holen kommt. Dann kommst Du nach Hause."

„Und wann ist das?"

„Sicher bald. Sicher in den nächsten Tagen. Nun iss."

Nachdem der Junge aufgegessen hatte, brachte ihn der Mann auf den Dachboden. In einem geräumigen Verschlag ohne Fenster standen eine Kiste mit Spielzeug und ein Bett.

„Schlaf gut", sagte der Mann. Der Junge sagte nichts und kroch ins Bett. Nachdem der Mann die Brettertür des Verschlags von außen verriegelt hatte, dreht der Junge sich zur Wand und weinte sich in den Schlaf.

***

Unten lasen die Frauen, Mutter und Tochter, in bunten Magazinen und der Sohn hatte den Fernseher eingeschaltet und schaute sich ein Fußballspiel an. Eine Flasche Bier stand auf dem Beistelltisch neben dem verschlissenen Sofa.

„Was meinst Du, wann geht das zu Ende mit dem Jungen hier?" fragte die Mutter.

„Keine Ahnung. Die melden sich nicht. Ich hab die jetzt zweimal nicht mehr erreicht. Das geht schon eine Woche so."

„Du hast das angefangen. Sieh zu, dass das endlich zu Ende kommt. Lange geht das nicht mehr gut."

„Ich mach, was ich kann. Danach geht es uns ja besser. Ich versuch es morgenfrüh gleich noch einmal."

„Sieh zu", und dann zu ihrer Tochter, die in einem Modekatalog blätterte: „Hier. Schau mal, das T-Shirt. Ist das nichts für Dich? Bald haben wir Geld. Dann kannst Du Dir zehn Stück davon bestellen."

„Ja. Zehn Stück", grinste die Tochter. Dann blätterte sie weiter.

Wartislaw

Einige Tage nach dem Lagerfeuerabend hockte am späten Nachmittag die Ausgräbertruppe vor dem Schutzzelt über dem Grab der aufgefundenen Leiche zusammen und ruhte sich von des Tages Mühen aus: Professor Zucker, zwei Assistenten und drei Studenten: eine Frau, zwei Männer. Sie hatten sich mit ihren Utensilien auf einer Wiese in der Nähe von Grüttow an der Bundesstraße 110 eingerichtet und jetzt auf einer kleinen Böschung, auf der verwucherte, halbmorsche Apfelbäume standen, Platz genommen.

Es gab Vermutungen über die Identität der Leiche.
Der Professor erläuterte:

„Es ist vielleicht kein Zufall, dass wir den
Toten hier ganz in der Nähe des Wartislawsteins
gefunden haben. Der Wartislawstein da vorne sollte
damals als Sühnezeichen an die Ermordung
Wartislaws erinnern. Vielleicht war es auch nur ein
Markstein, der die Grenze zwischen dem
herzoglichen und klösterlichen Besitz ausweisen
sollte. Er ist auch wohl mehrfach versetzt worden,
seit er das erste Mal errichtet worden war."

„Was ist mit Wartislaw geschehen? Wer war
der Mann?" fragte Michael Dühn, einer der
Studenten.

„Also, Folgendes: Wartislaw der Erste war
ein pommerscher Fürst, der um elfhundert geboren
wurde. Er soll die herzogliche Dynastie der Greifen
gegründet haben. Sein Hauptverdienst war die
Einführung des Christentums in diesem Teil der
Welt.

Als Wartislaw einundzwanzig Jahre alt war, wurde Stettin mit der Odermündung von einem polnischen Fürsten, Boleslaw dem Dritten erobert. Im Zuge dieser Inbesitznahme wurde Wartislaw zu Tributzahlungen und Unterstützung weiterer Kriegstaten verpflichtet. Später übernahm Wartislaw aber ein Gebiet westlich der Oder – also etwa hier herum – nachdem Boleslaw wieder abgezogen war.

Die Christianisierung wurde im Wesentlichen durch Bischof Otto von Bamberg durchgeführt, der mehrere Missionsreisen in diese Gegend unternommen hat. Im Jahr elfhundertachtundzwanzig beschloss dann der Landtag auf Usedom im Beisein von Wartislaw und Otto die offizielle Annahme des Christentums.

Etwa ein Dutzend Jahre später wurde Wartislaw hier in der Nähe von Stolpe, wo sich eine heidnische Kultstätte befand, und sich noch wendische heidnische Bevölkerungsreste hielten, von einem Peenefischer erschlagen."

***

Sie hatten Feierabend gemacht, die
Ausgrabungsstätte gesichert, und Professor Zucker
fuhr mit seinem Landrover Richtung Nachtquartier
in Anklam. Neben ihm und auf den Rücksitzen
reisten die drei Studenten mit, die Assistenten
folgten in einem separaten Fahrzeug. Zucker war in
Erzähllaune und hielt während der Fahrt eine kleine
Vorlesung über das mysteriöse Volk der Ukranen:

„Diese ganze Region hier ist nach ihnen
benannt: der Fluss, die Uecker, die große Stadt
Ueckermünde, wo der Fluss ins Oderhaff fließt, die
Uckermark – alles. Das ist alles über tausend Jahre
her. Sie hießen wahrscheinlich Ukrer oder so, die
Leute. Es gibt kaum Quellen außer archäologischen
Funden. Kann sein, dass sie erst im siebten
Jahrhundert von Osten hier eindrangen.
Möglicherweise gehörten sie zu den Wilzen, die
selbst aus einer Unzahl von kleineren Stämmen

bestanden. Die Wilzen hatten tatsächlich Kontakt zu Karl dem Großen gehabt.

Urkundlich erwähnt wird der Name Ukranen erst in der ersten Hälfte des zehnten Jahrhunderts. Manchmal wurden sie auch ganz allgemein mit den Rezanen oder Flussbewohnern in einen Topf geworfen. Sie waren schwer zu bändigen und Aufstände gegen die deutsche Besatzung waren an der Tagesordnung. Nach dem großen Slawenaufstand in der zweiten Hälfte des zehnten Jahrhunderts erlangten die Leute hier eine gewisse Unabhängigkeit. Sie hielten noch weit bis in das zwölfte Jahrhundert am Heidentum fest."

„Und was war mit Wartislaw?" wollte der neben ihm Sitzende wissen:

„Ja, Wartislaw, hat versucht, das Christentum zu einer Art Staatsreligion zu machen, aber die einfachen Leute zogen so schnell nicht mit. Die Bestattungen erfolgten irgendwann nach christlichem Brauch, aber – wie Ihr selbst gesehen habt – sie gaben den Toten noch allerhand

Gegenstände fürs Jenseits mit wie zu alten Zeiten: Schmuck, Waffen, Geld – sogar Eier für den Reiseweg. Als Volk haben sich die Ukranen noch bis ins vierzehnte Jahrhundert gehalten, dann sind sie untergegangen oder aufgegangen in andere Völker und damit auch ihre Sprache und Gebräuche."

„Und dieses Ukranenland da in Torgelow, wo wir neulich am Lagerfeuer gesessen haben? Ist das realistisch oder reine Phantasie?"

„Ich habe mir das alles angesehen an dem Nachmittag dort. Das ist schon beeindruckend. Natürlich muss in so einem Museumsdorf alles irgendwie gedrängt vorhanden sein – sozusagen die ganze Kultur in einem Fokus, aber die einzelnen Einrichtungen, Hütten, das ganze Ensemble macht schon einen sehr professionellen und gut recherchierten Eindruck – insbesondere die Handwerksstätten.

Die Ukranen waren nachweislich hervorragende Festungsbauer mit ihren Wallanlagen und Palisaden. Das weiß man von Ausgrabungen in ihrem ehemaligen Siedlungsgebiet, beispielsweise in Rothemühl oder Plöwen. Sie lebten vom Land: Ackerbau und Viehzucht, wie es andere Völker auch kannten: Schweine, Rinder, Schafe und Ziegen und Hühner. Das Pferd war auch aus religiösen Gründen bedeutend. Ansonsten waren sie gute Handwerker in der Metallbranche. Man hat jede Menge Messer gefunden, auch Beschläge, sogar Scheren, Nägel und natürlich Waffen. Vieles war noch aus Bronze, aber manches schon aus Eisen.

Aus anderen Funden kann man schließen, dass die Ukranen intensiven Fernhandel betrieben haben. Das geht aus den Ursprüngen von Perlen, Münzen und Ringen und solchen Dingen hervor."

Mittlerweile war die Truppe an ihrer Unterkunft in Anklam angekommen. Zucker wollte heute Abend für sich mit den Assistenten sein, die drei Studenten verabredeten sich noch für später in der Gaststätte am Steintor in der Stadt.

Spekulationen

Professor Zuckers Truppe gehörten die drei Studenten Michael Dühn, Carsten Holms und Melanie Seegers und die beiden Assistenten Dr. Marc Kloster und Tobias Watermann an. Sie waren in Anklam am Stadtrand Richtung Jarmen in einem Reet gedeckten Ferienbungalow untergebracht, umgeben von alten Eichen und einer weiten Rasenfläche, die zur Straße und von den Nachbarn durch eine hohe Weißdornhecke abgeschlossen wurde. Eigentlich eine herrliche Pension mit dem einzige Nachteil, dass sie etwas Abseits vom

Zentrum und seinen Gelegenheiten lag und natürlich auf Selbstversorgerbasis vermietet war. Zucker hatte seine Leute so organisiert, dass das Frühstück im Wechsel – ohne Ansehen des Dienstgrades – von jeweils zwei Personen besorgt wurde – Tisch decken, Abräumen und Abwaschen inklusive. Für die Zwischenmahlzeit mittags draußen am Einsatzort und für das Abendessen musste jeder selbst sorgen.

Dühn und Dr. Kloster hatten Dienst und Brötchen besorgt. Die üblichen Vorräte – Marmelade, Aufschnitt, Butter etc. – waren ja einmal eingekauft worden und wurden wöchentlich aufgefüllt. Vier Leute tranken Kaffe, nur der Professor begnügte sich mit Früchtetee. Er selbst kam morgens nur langsam in Fahrt. Am geschwätzigsten nach dem ersten Schluck Kaffee war Seegers:

„Das wär' ja 'ne Sensation, wenn das tatsächlich der Wartislaw wäre. Gegeben hat's den ja, aber gefunden hat den ja noch keiner. In Stolpe gibt es ja eine Gedächtniskirche für ihn; hab ich gestern mal nach gegoogelt. Da findet sich eine Gedenktafel für ihn, und dass er hier an der Peene ermordet wurde und wann."

„Elfhundertsechsunddreißig", ergänzte Professor Zucker.

Dr. Kloster war skeptisch:

„Da liegt eine Leiche, ein Erschlagener, aber der kann erst fünfhundert Jahre tot sein oder aber auch schon zweitausend. Hier gibt es sicherlich noch mehr Leute, die irgendwann umkamen und verscharrt wurden."

„Aber so nah bei dem Stein und ausgerechnet hier", warf Dühn ein, der langsam wach geworden war: „Das gibt schon zu denken. Das kann eigentlich kein Zufall sein."

„Warten wir erst einmal die Datierung ab. Heute Nachmittag kommen die Leute vom Labor und nehmen den Toten mit. Die machen dann C-14-Tests und die Kunsthistoriker schauen sich später bei uns die Sachen an, die wir noch gefunden haben."

„Gut", meinte Zucker. „Zweitausend Jahre wird der nicht alt sein, wenn ich mir die Kleidungsreste ansehe. Die könnten schon aus der Ukranenepoche stammen – auf den ersten Blick. Aber ich will mich nicht festlegen. Kann natürlich auch später gewesen sein. Wir werden sehen. Wichtig ist, dass wir bis dahin noch einmal alles kartografisieren, ausmessen und Fotos machen – aus allen Winkeln, bevor die das Grab leer räumen. Carsten, Du kümmerst Dich um die Beigaben, Melanie macht noch Zeichnungen und Michael die Fotos. Ihr Beiden ….", zu den Assistenten gewandt…. „macht da weiter, wo Ihr gestern angefangen habt. Ich hoffe immer noch, dass wir eine Wehranlage finden, die sich auf den Luftaufnahmen so deutlich abzeichnete. Dafür sind wir ja gekommen. Das Andere, der Wartislaw, das war Zufall. Los, Abräumen."

Dühn räumte das schmutzige Geschirr in die Spülmaschine und Dr. Kloster bewaffnete sich mit

Frischhaltefolie für die Aufschnittsreste. Zehn Minuten später waren sie abfahrbereit.

Alltag im Ukranenland

Das Wetter hatte sich gehalten. Unsere drei
Komparsen waren wieder einmal von der kleinen
Cafeteria aufgebrochen. Es war Wochenende, und
sie rechneten an diesem Samstag mit erheblichem
Besucherandrang – zumindest nach Mittag, wenn die
meisten Leute ihre Besorgungen erledigt haben
würden. Die meisten von ihnen würden eh Touristen
sein. Samstag war so ein Tag. Da reisten viele ab,
und die Neuankömmlinge mussten sich erst einmal
in ihren Quartieren einleben. Die, die kommen

würden, waren schon länger dar. Aber es würden heute viele kommen.

Jedes der historischen Siedlungshäuser birgt neben Wohn- und Schlafgelegenheiten und Feuerstelle immer auch ein Handwerk mit Töpferbänken, Hirsestampfen oder Mahlsteinen. An der Mühle können Besucher die Funktionsweise von Drehmühlen kennen lernen. Am Backhaus steht ein Lehmkuppelofen, der zunächst auf etwa 200 Grad vorgeheizt werden muss – ganz ähnlich dem Prozess in modernen Elektrobacköfen. Dann wird er vom Reisig leergefegt, bevor dann die Brote für eine knappe Stunde hineingelegt werden, um auszubacken.

Wer Interesse hat, kann sich von den historisch gekleideten Komparsen auch die Funktionsweise eines Töpferofens zur Herstellung von Keramikware vorführen lassen. Das Gerberhaus hat eine besondere Funktion. Es dient auch als Musikerhaus. Besucher können sich dort sammeln und unter Anleitung verschiedene altertümliche

Musikinstrumente ausprobieren. Und so findet man Schumacher, Holzhandwerker, Bogenbauer und natürlich eine Schmiede in Betrieb. Schließlich ist da noch die Anlegestelle für den Schiffsverkehr mit ihren historischen Slawenschiffen, die von sportlich Interessierten zu einer Fahrt durch die urwüchsige Flusslandschaft einladen.

***

Noch war es ruhig im Revier. Nur die Handwerker hämmerten fleißig vor sich hin. Das würde gegen Mittag auch vorbei sein. Sie arbeiteten an zwei Projekten: ein neues Häuschen sollte entstehen, wofür die Bauschreiner ein Gerüst zusammenzimmerten, und die Palisaden wurden ausgebessert.

„He, Ferdi", rief Arno dem Meister zu, der auf einem provisorischen Dachstuhl saß. „Schon fleißig?"

„Was heißt schon? Seit sechs Uhr sind wir dabei. Wir müssen fertig werden. Heute ist früh Schluss."

„Ja, dann man tau."

Ferdinand Ritter hatte zwei Gesellen mitgebracht: Benno Altmann und Horst Szymanek. Die Schreinerei hatte ihren Standort in Eggesin. Im Ukranenland gab es immer mal etwas zu tun, und Ritter mit seinen Leuten kannte die Lokalität mittlerweile wie seine Westentasche. Obwohl er der Herkunft nach ein Wessi war, hatte er vor etlichen Jahren kein Problem gehabt, hier Fuß zu fassen. Handwerker wurden überall gebraucht, und hier besonders. Außerdem hatte er mit den Gesellen, einem Auszubildenden und einer Halbtagsbürokraft gleich vier Arbeitsplätze geschaffen.

Um zwölf würden sie für heute Feierabend machen.

Mord

Bei Parchim-Löddigsee wurde eine Tempelanlage ausgegraben, die der Verehrung der heidnischen Götterwelt gedient hatte. Zu diesem slawischen Pantheon gehörten der Feuergott Svarozic Radogast, der dreiköpfige Triglav, der Donnergott Perun und der Unterweltsgott Veles. Diese Götter galt es zu besänftigen, um Krankheiten, Missernten und anderes Unglück fernzuhalten. Zu diesem Zwecke wurden Pferde, Hunde und andere Tiere, manchmal auch Menschen, geopfert. Die

Mittler dazu waren Priester, die das Anrecht besaßen, die entsprechenden Kultstätten mit den darin aufgestellten holzgeschnitzten Götzenfiguren zu betreten.

Im Ukranenland hatte man einen solchen Kultbau – dem Vorbild aus Parchim-Löddigsee nachempfunden – hergerichtet. Die Einfriedung des Sandplatzes aus Eichenbohlen war fast quadratisch. Innerhalb waren die Stelen mit den geschnitzten Bildern des Pantheons aufgestellt. Es gab einen schmalen Eingang in die Kultstätte für Besucher.

***

Auch dieser Morgen versprach einen schönen Sonnentag, wenn auch die frischen Temperaturen die Handwerker noch frösteln ließen. Es war erst Viertel nach Sieben als Altmann und Szymanek mit ihrem Kastenwagen vorgefahren kamen. Sie hatten frische Bohlen für die Holzbrücke, die über den kleinen Bach führte, mitgebracht. Der Chef würde heute später kommen. Es gab noch Papierkram im Büro zu erledigen.

Sie hatten die Ladeflächenklappen heruntergelassen, Szymanek stand oben und schob die Bohlen eine nach der anderen herunter, Altmann nahm sie auf die Schulter und legte sie in der Nähe der Brücke ab. So ging das eine ganze Weile, als sie vom Waldweg her fröhliche Stimmen und die drei Komparsen in ihren Kostümen herankommen hörten. Erst mal Pause machen.

„Na, auch schon auf? Ihr seid ja heute besonders früh", bemerkte Altmann und stieg von der Ladefläche herunter, öffnete die Fahrertür und holte sein Frühstückspaket hervor: Spiegeleier auf Schwarzbrot und Kaffee aus der Thermosflasche.

„Wir müssen uns beeilen", erwiderte Henny. „Da sind schon die ersten Besucher vorgefahren. Die trinken noch Kaffee am Parkplatz, aber die kommen gleich und wollen was sehen."

Die Drei gingen weiter und nahmen Position in irgendwelchen Handwerkshütten auf. Die Schreiner frühstückten erst einmal.

Eine halbe Stunde später klangen erneut Stimmen aus dem Gebüsch herüber. Das war die angekündigte Familie, junge Leute: Vater, Mutter und drei Kinder so zwischen vier und acht Jahre alt. Die Handwerker machten an der Brücke Platz und leiteten die Leute vorsichtig über die Baustelle. Sie trugen jetzt sukzessive die morschen Planken ab und ersetzten sie gleichzeitig durch neue. Es war kurz nach halb zehn.

Vögel zwitscherten, die Sonne brannte mächtig, und die Schreiner arbeiteten jetzt im T-Shirt.

„Wo bleibt der Alte?" wollte Szymanek wissen.

„Keine Ahnung. Wir kommen so sowieso besser klar. Kann man in Ruhe arbeiten. Vielleicht kommt der erst gegen Mittag."

So ging es weiter. Mittlerweile waren weitere Besucher eingetroffen.

Dann ein Schrei.

Sie hielten inne.

Dann noch einer – von einem Kind.

„Was ist da los? Ist da eine gestürzt?" fragte Altmann.

Stimmengewirr, Rufe in der Nähe vom Eingang. Die Männer legten ihre Werkzeuge ab und horchten. Der Lärm nahm kein Ende.

Dann nur noch Gemurmel.

Dann Stille.

Sie sahen Arno aus dem Dorf herauskommen. Er kam direkt auf sie zu.

„Was ist los? Ist was passiert?"

Arno war außer Atem. Er wollte etwas sagen, brachte kein Wort heraus. Sein Mund öffnete sich, seine Augen traten aus ihren Höhlen.

„Mensch, was ist passiert? Können wir helfen?"

Benno Altmann ließ seinen Zimmermannshammer auf den Boden fallen und griff Arno bei der Schulter.

„Ihr müsst kommen. Euer Chef …."

„Was ist mit unserem Chef? Ist der da? Wir haben ihn nicht kommen sehen."

„Kommt mit. Kommt!"

Die beiden Handwerker blickten sich an, zuckten mit den Schultern und trotteten hinter Arno her, der schon hastig ein Stück vorausgeeilt war. Sie beeilten sich jetzt. Am Kassenhäuschen blieb der Komparse stehen:

„Es ist Euer Chef. Es ist etwas passiert. Ich sag es Euch. Macht Euch auf etwas gefasst."
Sie gingen auf die Umfriedung der Tempelanlage zu. In der Nähe hatte die Familie mit den drei Kindern Platz auf einer Bank gefunden. Ein Kind, das Mittlere, hing schluchzend am Hals seiner verstört dreinblickenden Mutter. Die anderen beiden waren kreidebleich, ebenso der junge Vater, der mit seinem Smartphone telefonierte.

Andere Besucher standen in der Nähe des Eingangs herum. Henny war verschwunden. Freddie versperrte den Zugang zur Tempelanlage. Arno lief geradewegs auf ihn zu:

„Hier. Hier rein."

Freddies Gesicht war wie versteinert. Er machte Platz für Arno und die beiden Gesellen, die immer noch nicht wussten, was das Ganze sollte. Sie standen jetzt mitten in der Kultanlage. Arno zeigte auf eine der Figuren, und es dauerte eine Weile, bis die beiden begriffen, was sie sahen.

Da, keine drei Meter von ihnen entfernt stand ihr Chef – oder das, was von ihm übrig geblieben war. Wie an einem Marterpfahl, aber es war Triglav, an dem er aufrecht stehend fest gebunden war. Sie erkannten ihn an seiner Kleidung, an seiner Figur, an irgendetwas, was sie von früher her von ihm in Erinnerung hatten – nur nicht an seinem Gesicht. Wo sein Mund gewesen war, zog sich jetzt ein breiter Spalt von rohem Fleisch von Ohr zu Ohr. Der Unterkiefer war nach vorne geklappt, aber in der

Mundhöhle war keine Zunge mehr zu erkennen. Blut besudelte Oberhemd und Hose des Toten und die Stricke, mit denen er gebunden war, und die Erde rund um die Stele.

Die beiden drei Männer auf dem Sandplatz kriegten kein Wort heraus. Arno starrte sie an. Dann murmelte Altmann etwas.

„Was hast Du gesagt?"

„Ich sagte: das ist Ritter."

„Henny hat die Polizei verständigt. Das eine Mädchen hat ihn zuerst gesehen. Dann die anderen Leute …."

„Wo kommt der jetzt her? Wieso war der hier?"

Szymanek erinnerte sich, dass sie beide gestern Nachmittag früher Schluss gemacht hatten, da sie noch die Bohlen in der Werkstatt aufladen wollten. Ritter war zurück geblieben.

„Aber wo ist sein Wagen? Ich habe seinen Wagen heute Morgen hier nicht gesehen. Ob der die ganze Nacht schon da gehangen hat?"

Ein Unfall

Es war in der Karwoche. Ostern lag in diesem Jahr früh, und in den Abendstunden konnte sich schon mal Reif auf den Landstraßen bilden. Das schien den Fahrer des schwarzen 3er BMW nicht zu stören. Er trat zügig aufs Gaspedal, fuhr aufgeblendet und bremste nur kurz vor jeder Kurve ab, um dahinter wieder voll aufzudrehen. Links und rechts der einsamen Straße nur dunkle Wälder, in die ab und zu ein Wirtschaftsweg hineinführte.

„Lass langsam gehen", mahnte die Frau auf dem Beifahrersitz. „Wir sind gut in der Zeit. Wenn er den Koffer schon abgeholt hat, dann haben wir immer noch ´ne knappe halbe Stunde bis zum Hochsitz."

„Besser zu früh ankommen als zu spät. Ich hoffe, der hält sich an die Abmachung."

Sie fuhren schweigend weiter. Zwei Menschen in einem schnellen Auto auf einsamer Strecke. Irgendwo zwischen Roleber und Pützchen.

Nebel waberte herunter.

Die Sicht verringerte sich auf weniger als dreißig Meter.

Der Mann ging vom Gas.

Die Frau schaute auf ihre Armbanduhr:

„Wir sind zehn Minuten zu früh. Gleich müsste der Abzweig kommen."

Aus dem Gebüsch zur Rechten reflektierten grünlich zwei eng zusammen liegende Augen in etwa einem Meter Höhe. Die Menschen im Auto sahen sie nicht.

Dann kam der Sprung.

Ein Schatten.

Keine zwei Meter vor dem BMW, dessen Scheinwerfer das bräunliche Tier in seiner ganzen Schönheit erfassten.

Drei Herzen hörten auf zu schlagen.

***

Die beiden Männer im Streifenwagen machten den Ort des Geschehens schon von weitem aus. Polizeioberwachtmeister Dietmar Röding und Anwärter Thorsten Klein sahen durch den Nebel hindurch in der Ferne durch den Nebel bereits die Warnblinkanlagen zweier Autos am Straßenrand. Hinter ihrem Fahrzeug drängelte bereits der Notfallwagen mit Blaulicht.

Die beiden Polizisten hielten hinter dem ersten Zivilfahrzeug an. Auch auf dem Dach ihres Fahrzeugs drehte sich das Blaulicht. Es standen zwei

Männer und eine Frau am Straßenrand. Einer von ihnen hatte den Unfall gemeldet.

Der Notfallwagen kam kreischend hinter dem Polizeiwagen zum Stehen. Von dem verunglückten Wagen keine Spur. Einer der Zivilisten deutete in den Wald:

„Da. Am Baum."

Das Reh lag tot im Straßengraben. Davon weg führte ein breite Schneise zerbrochener Äste und aufgewühlter Reifenspuren zehn Meter weit in den Wald auf eine Buche zu, an deren Stamm ein halb zerlegter 3er BMW hoch gekrochen war – Kühler voraus.

Die Sanitäter und der Notarzt stürzten an den Polizeibeamten vorbei und inspizierten das Innere des Wracks. Versuchten, die vorderen Wagentüren zu öffnen, riefen etwas und schlugen mit den Fäusten gegen die Seitenscheiben, die teilweise zersplittert waren. Im Wageninneren rührte sich nichts. Röding hatte bereist die Feuerwehr am Apparat.

„Die sind in zehn Minuten da."

***

Als alles halbwegs aufgeräumt war, die beiden Leichen abtransportiert und die Polizisten wieder unter sich waren, blieben sie noch eine Weile vor ihrem Einsatzfahrzeug stehen.

Und blickten in den Wald.

Das Reh hatte der Förster geholt.

Anwärter Klein schüttelte den Kopf.

„Alles klar?" fragte sein Chef.

Dann stiegen sie ein. Es gab noch einen Bericht zu schreiben. Und ihre Schicht war auch noch nicht zu Ende.

„Ich geh zur Kripo", murmelte Thorsten Klein.

„Warum das?"

„Ich kann diese kaputten Verkehrsleichen nicht mehr ertragen. Das war jetzt der dritte Unfall mit Toten in dieser Woche. Ich hab die Schnauze voll."

„Meinst Du, bei der Kripo wär´ das besser?"

„Vielleicht."

„Wenn Du meinst."

Nachts im Wald

Es wurde schon spät. Das Abendbrot war gegessen, und der Junge hatte dieses Mal nichts bekommen. Er brauchte auch nicht in seinen schmuddeligen Schlafanzug zu wechseln. Die Erwachsenen löffelten ihre Suppe, und er musste zuschauen.

„Du bekommst nachher was", sagte die Alte mürrisch. Niemand sprach. Der Junge ahnte, dass etwas Ungewöhnliches bevorstand. Vielleicht durfte er ja heute Abend nach Hause. Vielleicht.

Nach dem Essen räumte Ingrid ab.

Sie stellten den Fernseher an. Es lief eine Quiz-Show. Er durfte auf dem Sofa sitzen bleiben:

„Muss ich heute nicht so früh ins Bett?"

„Sei still und guck", knurrte die Alte.

Der Junge sagte nichts mehr. Aber er hatte Hunger. Er sagte es nicht. Er wartete. Dann fielen ihm die Augen zu.

Als der Mann ihn in die Seite stieß, war es draußen schon dunkel. Das sah er durch die Fensterscheiben.

„Komm, zieh Dir Deinen Anorak an!"

Der Mann stand schon fertig im Mantel vor ihm und hielt ihm seinen Anorak entgegen. Der Junge stand auf. Er war müde. Er zog die Jacke an, und dann nahm ihn der Mann bei der Hand und ging mit ihm hinaus in die Dunkelheit.

Im Hof stiegen sie ins Auto.

Sie fuhren den Weg zum Dorf hinab, aber kurz darauf wieder zwischen Felder – immer weiter, um tausend Ecken und Biegungen und durch Waldstücke. Man konnte nichts richtig erkennen, nur die tastenden Scheinwerfer und das Geholpere spüren.

Irgendwann nach langer, langer Zeit hielt der Mann den Wagen an und zog die Handbremse. Er ging um das Fahrzeug herum und öffnete die Beifahrertür:

„Aussteigen."

Der Junge kletterte heraus und sah sich um. Sie standen an einem Waldrand. Es war totenstill. Irgendwo schrie ein Tier. Der Junge war froh, dass er nicht alleine war. Der Mann nahm ihn wieder an die Hand, und sie marschierten in den Wald hinein über einen ausgefurchten Fahrweg, in dessen Löchern und Rinnen Regenwasser stand. Man sah die Hand vor Augen nicht, aber der Mann schien den Weg zu kennen.

Irgendwann nach langer, langer Zeit blieben sie stehen. Da war ein Gerüst, eine Leiter, sicher ein Hochsitz neben dem Weg. Und vor ihnen hörte der Wald etwas auf, eine Lichtung. Aber auch die war stockdunkel.

Der Mann setzte sich auf eine der Leitersprossen.

„Was machen wir hier?" wollte der Junge wissen.

„Wir warten."

Und sie warteten. Der Junge hatte keine Angst. Der Mann war ja bei ihm. Er war auch sonst immer freundlich zu ihm gewesen – im Gegensatz zu dessen Mutter, die nur rumgemeckert hatte. Ständig. Den ganzen Tag.

Es tat sich nichts. Einige Male hatte der Mann schon auf seine Armbanduhr geschaut:

„Warte hier. Rühr Dich nicht. Ich bin gleich wieder da."

Der Mann war verschwunden. Die Dunkelheit hatte ihn verschluckt. Es war so still. Manchmal knackte es im Gesträuch. Das war sicher der Mann, der wiederkam. Aber dann war es wieder still. Der Junge hatte jetzt Angst. Er fühlte sich ganz allein. Aber er blieb auf seinem Fleck.

Nach unendlich langer Zeit kam der Mann wieder. Zuerst hatte sich der Junge erschreckt, als er wieder neben ihm stand, dann war er aber froh, nicht mehr allein in diesem Wald zu sein mitten in der Nacht. Aber der Mann war wütend und riss ihn an der Hand. Sagte kein Wort. Und wütend stapfte er den Weg zurück durch den Schlamm und die Pfützen.

Der Mann merkte nicht, dass dem Jungen leise die Tränen die Wangen hinunterliefen. Der Junge hatte geglaubt, dass man ihn heute Nacht zu seinen Eltern zurück bringen würde. Aber nun ging es wohl wieder zu der Alten und zu Ingrid.

„Was ist?" fragte der Mann plötzlich als sie fast schon am Auto waren.

„Nichts. Ich habe Hunger."

„Du kriegst gleich was zu Essen."

Jetzt war der Mann wieder freundlich.

Ermittlungen

Der Eingangsbereich zum Ukranenland hatte sich zu einem kleinen Fuhrpark gemausert. Die Polizei aus Ueckermünde war mit fünf Einsatzfahrzeugen angerückt: eins von der Spurensicherung, zwei von der Gerichtsmedizin und zwei von der Mordkommission. Hauptkommissar Wolter war mit seiner Truppe in voller Stärke eingetroffen: er selbst und die drei Kommissare Falko Naumann, Nicole Reuter und Stefan Kirn.

Dr. Siegland stand fassungslos vor dem Toten, der immer noch angebunden da stand. Wolter hatte Anweisung gegeben, nichts zu verändern, bis die Spurensicherung mit allem rund um den „Marterpfahl" Triglav fertig sein würde:

„Nichts anfassen", hatte sein unzweideutiger Befehl geheißen. Also konnte auch Dr. Siegland noch keine Angaben über genaue Todesursache und -zeitpunkt machen. Naumann inspizierte inzwischen die unmittelbare Umgebung zum Kultplatz, während Reuter und Kirn sich die verstörten Leute vornahmen und befragten: die Besucher, die Komparsen und die beiden Zimmerleute, Menschen, von denen sich die meisten in völliger Auflösung befanden. Die Kommissare hatten außerdem zwei Psychologen angefordert, die die Familien mit den Kindern betreuen sollten. Außerdem war die Verwaltung des Museumsdorfes informiert und jemand auf dem Weg. Es war zu erwarten, dass in absehbarer Zeit Vertreter der lokalen Presse ebenfalls erscheinen würden. Bei diesem Trubel wurde Wolter allmählich nervös.

„Wir sollten das Areal weiträumig absperren. Wir müssen den umliegenden Wald durchkämmen, den Parkplatz bei der Cafeteria absuchen lassen, jeden Einzelnen, der hier arbeitet oder der seit heute Morgen hier angekommen ist, befragen. Ich nehme an, dass der Tote hier schon länger hängt und nicht nur seit heute Morgen. Also müssen wir das Zeitfenster ausdehnen. Gestern Abend bei Abschluss war ja wohl noch alles in Ordnung."

„Die Frau an der Kasse hatte bis gestern Abend, als sie abgeschlossen hat, noch nichts bemerkt, aber das will nichts heißen. Die geht ja nicht das ganze Dorf durch, bevor sie Feierabend macht", erwiderte Naumann.

„Und dann .... Was ist mit den Handwerkern? Was haben die hier gemacht? Seit wann? Was ist das für ein Betrieb? Wer hatte sonst noch mit ...."

„Ferdinand Ritter ..."

„ …. mit dem zu tun."

„Die kommen aus Eggesin. Steht auf dem Lieferwagen."

„Da müssen wir hin."

***

Die Spurensicherung hatte den Leichnam freigegeben. Man hatte den toten Handwerksmeister aus seinen Stricken befreit. Jetzt lag er auf dem Boden mit dem Gesicht im Sand. Naumann und der Doktor drehten ihn auf den Rücken. Der Kommissar musste seinen Blick von dem entstellten Gesicht des Toten abwenden. Der Mediziner begann seine Untersuchungen:

„Von dem Schnitt im Gesicht ist er nicht gestorben. Davon hat er nur geblutet."

Dr. Siegland löste vorsichtig die Knopfleiste des verkrusteten Hemdes und zog es etwas auseinander:

„Einstiche. Hier und hier. Links und rechts. Durch den Stoff. Wahrscheinlich von einem Messer."

Er blickte zu seinen Helfern auf: und bedeutete mit einem Kopfnicken, den Toten jetzt im Leichensack abzutransportieren. Dann zu Wolter gewandt:

„Exakte Todesursache kann ich noch nicht sagen. Vielleicht verblutet an den vielen Stichen. Der war auf jeden Fall noch nicht tot, als man ihm die zugefügt hatte. Zumindest nicht sofort."

„Zeitpunkt?"

„Im Laufe der Nacht. Spätestens drei, vier Uhr morgens. Mehr kann ich nicht sagen."

***

Sie trafen sich wieder in Wolters Büro im Kommissariat an der Liepgartener Straße – alle vier Polizisten. Keiner sagte etwas. Es gab zwei Gründe für diese Nachdenklichkeit: die Grausamkeit des

Anschlags selbst und das wirre Knäuel der Ermittlungsaufgabe, das jetzt vor ihnen auf dem Tisch lag, und an dem man nicht die Spur eines losen Fadens erkennen konnte, sondern nur einen Wust von gleich wichtigen und gleich unwichtigen Halbinformationen, die alle ins Nirgendwo führten.

Naumann stellte sich vor den Flipchart-Ständer: der erste Rettungsanker, an dem man sich festhalten konnte:

„Wir müssen Kästchen malen und Pfeile."

„Ja. Müssen wir", brummte Wolter. „Fang an."

Naumann schrieb einen Namen in die Mitte des großen Papierbogens:

Ferdinand Ritter

„Schreib gleich weiter", meldete sich Nicole Reuter, die heute besonders lange, leuchtend grüne Ohrringe herumschaukelte. „Schreinermeister. Sein Betrieb heißt: ‚Holzritter' Eggesin. Die haben zwei

Gesellen. Die habe ich befragt da draußen. Und einen Lehrling und eine Frau auf dem Büro."

„Fahrt da raus so bald wir hier fertig sind. Ich will wissen, was mit dem Laden ist. Ob es da Anhaltspunkte gibt. Streit oder so oder Schulden. War der verheiratet?"

„Nein. Jedenfalls haben die beiden Gesellen das so gesagt. Der lebte allein. Über der Werkstatt."

„Durchsuchen."

„Wie hießen die beiden Zimmerleute da draußen? Die ihn gefunden haben?"

„Die haben ihn nicht gefunden. Das waren ein Kind und die anderen. Die beiden waren draußen wegen der Arbeiten: Szymanek und Altmann."

„Szymanek? Ein Pole?"

„Nein. Deutscher Pass. Hier geboren. In Neubrandenburg. Wohnt jetzt in Eggesin. Ebenso der Altmann. Sind beide verheiratet. Altmann hat zwei Kinder."

Die Namen standen jetzt auch auf dem Flipchart.

„Mit wem hatte Ritter in Torgelow zu tun?"

Kirn fühlte sich angesprochen:

„Ja. Mit den Leuten vom Ukranenland. Die machen Ausbesserungsarbeiten da. Aber mit der Verwaltung hatten die ja nur geschäftlich zu tun. Wegen der Verträge und so."

„Aber die müssen doch täglich Kontakt mit den Leuten dort vor Ort gehabt haben."

„Da ist nur noch das Personal für die Besucher."

„Habt Ihr die befragt."

„Natürlich. Es gab da die Kassiererin und an dem Tag drei Leute in Kostümen, die die Besucher herumführen. Die sind ja auch von der Familie mit den Kindern zuerst verständigt worden."

„Die müssten doch die Handwerker gekannt haben. Die haben die doch täglich gesehen."

„Das ist so."

„Und was haben die gesagt?"

„Wie der gefunden wurde."

„Hintergrund-Info?"

„Nichts."

Wolter lehnte sich zurück. Auf dem Flipchart standen drei Namen: Ritter, Szymanek und Altmann: ein Chef und zwei Mitarbeiter.

Wolter strich über seinen Bauch, senkte den Blick und gab sich schließlich einen Ruck:

„Also. Nicole und Stefan, Ihr fahrt zum Firmensitz nach Eggesin. Falko, Du sprichst mit den Leuten vom Ukranenland. Ich höre mich in der Gerichtsmedizin um. Ab heute Nachmittag, wenn wir wieder hier sind, müssen wir versuchen, die letzten Stunden und Tage vor dem Mord von diesem Ritter zu rekonstruieren. War der auch von hier, oder wo kommt der her?"

Keine Reaktion.

„Findet das heraus."

Neuheiden

Kommissar Stefan Kirn machte sich seine eigenen Gedanken über die Umstände des Falls. Auf der Fahrt ins nahe Eggesin zusammen mit Nicole Reuter sprach er das Thema an:

„Für mich sieht das Ganze eher nach einer Art Ritualmord aus."

„Wie meinst Du das?"

„Na ja: In dieser Tempelanlage. Mittendrin. Und festgebunden an diesem Götzen. Und dann, wie der umgekommen ist. Mit den Einstischen und dem aufgeschnittenen Mund. Wie ein Ritual."

„Das wäre auch ´ne Möglichkeit. Aber das kann ja auch Tarnung sein. Um was anderes zu verdecken. Rache oder Neid oder irgendetwas anderes."

„Auf jeden Fall: Raubmord war es wohl nicht. Der hatte sein Portemonnaie mit dem Geld und seinen Kreditkarten noch bei sich."

„Ja, aber vielleicht wurde er aus anderen Gründen umgebracht. Vielleicht wollte jemand seinen Laden haben. Oder der stand ihm im Weg. Oder jemand wollte was erben. Wer weiß?"

„Erben glaub ich nicht. Der war doch nicht verheiratet. Der hatte keine Kinder."

Sie nahmen die Route über die Ueckerstraße, dann die L28 durch Ueckermünde-Ost, weiter durch Hoppenwalde. Die Schreinerei von Ritter lag in der Holländerei in Eggesin. Die Bezeichnung dieses Ortsteils geht auf eine Ansiedlung von Holländern zurück, die sich früher dort niedergelassen hatten und Milchwirtschaft betrieben haben. Lange Zeit über genossen sie hier – wie auch in anderen Gegenden Norddeutschlands – bestimmte verwaltungstechnische Vorrechte.

„Mir geht das nicht aus dem Kopf", fing Kirn wieder an. Vielleicht stecken da auch Neuheiden dahinter. Es soll auch welche in Ueckermünde geben."

„Du meinst irgendwelche Nazis oder so?"

„Nein. Neuheiden. Das sind so Bewegungen. Die kommen aus England und Skandinavien. Die tauchen auch hier auf. Ich weiß von einem Bekannten aus Rostock, dass es da organisierte Gruppen gibt."

„Aber die machen doch nichts. Ich habe noch nie was von denen gehört. Ich meine, dass die irgendwie kriminell wären."

„Sag ich ja nicht. Aber, es genügt ja ein Fanatiker, der aus dem Ruder läuft. Wie woanders auch. Schließlich haben die Slawen früher auch

Menschen geopfert. Da gab es Knochenfunde bei den alten Kultstätten."

Nicole Reuter sagte nichts. Sie bogen an der Durchgangsstraße in Eggesin rechts ab. „Holländerei" war ausgeschildert. Hundert Meter weiter gab es einen Hinweis: „Holzritter". Sie bogen in eine kleine Seitenstraße ein, die direkt auf den Hof der Schreinerei führte.

Ein junger Mann, wohl der Lehrling, stapelte Kanthölzer von einer Seite des Hofes auf die gegenüber liegende unter ein Schutzdach. Die Polizisten stiegen aus:

„Tag. Wo ist denn das Büro?" fragte Reuter.

Der verschüchterte Junge deutet auf den Hintereingang. Die Ermittler traten ein. Im Flur links war eine Glastür, durch die sie eine Frau an einem Schreibtisch sitzen sahen. Die Frau hatte ihren Kopf in die Hände gestützt und starrte zum Fenster hinaus. Sie hatte die beiden wohl kommen sehen.

***

Kirn bewohnte mir seiner Freundin Pascal Schmidt ein Häuschen in Bellin in der Nähe der alten Schule. Wie bei den meisten Häusern in der Gegend gehörte dazu ein großes Grundstück, das in ihrem Fall durch einen hohen Maschendraht abgesichert war – wegen der zehn Hühner und dem Hahn, die sie sich zugelegt hatten. Pascal arbeitete in der Kita und konnte somit einige Zeit für das Federvieh und die Pflege des Gartens erübrigen.

Sie hatten es sich nach dem Abendbrot auf der Terrasse bequem gemacht, die Freundin blätterte in einem Reiseführer über Island, und der Kommissar blickte angestrengt auf den Bildschirm seines Laptops: ungewöhnlich für Stefan Kirn, der sonst einen geregelten Feierabend liebte und die Arbeit ohne mentale Anstrengung von jetzt auf gleich in die hinteren Räume seines Gehirns verbannen konnte, sobald er seine Dienststelle an der Liepgartener Straße verlassen hatte.

Der Anblick des zu Tode gequälten Schreinermeisters ließ sich aber nicht so leicht abschütteln. Die Unterredungen, die er und Nicole Reuter am Nachmittag mit dem Azubi und der Bürofrau in Eggesin geführt hatten, waren vollkommen unergiebig geblieben. Und auch in der Wohnung des Opfers waren sie nicht fündig geworden. Nichts unterschied sich grundlegend von ähnlichen anderer Junggesellen. Irgendein Hobby hatten sie alle. Bei Ritter schien es die Musik zu sein – jedenfalls nach dem Schifferklavier zu urteilen, das in der Ecke neben dem Fernseher stand. Sie würden die Verwandten von ihm befragen müssen, wenn sie die fanden. Die Frau im Büro konnte dazu auch keine konkreten Auskünfte machen. Das stand als Nächstes auf dem Programm. Aber Kirn hatte sich noch etwas in den Kopf gesetzt.

Heute Abend wühlte er im Netz und war so oft fündig geworden, dass ihm der Kopf rauchte. Vor ihm neben seinem Schreibblock stand ein schlankes Pilsglas. Halbvoll und zwei leere Flaschen Wernesgrüner daneben.

Auf seinem Block fanden sich bereits Begriffe wie „Forn Sior", „Fyrn Sidu", „Theodismus", „Urglaawe" und „Asatru" niedergeschrieben – die wichtigsten Strömungen des Neuheidentums. Daneben jede Menge Webadressen zu neuheidnischen Gesellschaften und Vereinigungen: Verein für Germanisches Heidentum, Germanenherz, Germanische Glaubensgemeinschaft, und was es sonst noch alles gab.

Der Kommissar hatte sich auch über die geografische Verbreitung solcher Sekten informiert. Er war tatsächlich nicht besonders überrascht, dass auch in Mecklenburg-Vorpommern Ableger existierten. Allerdings hatte er keine konkreten Anhaltspunkte für den Nahbereich Ueckermünde-Torgelow gefunden. Die nächste Gruppierung fand sich in Rostock. Aber vielleicht gab es auch hier einige Anhänger. In der Dienststelle gab es einen

Kollegen, der sich auf das Sektenwesen im Allgemeinen spezialisiert hatte: Marc Diestel. Den würde er morgenfrüh direkt ansprechen.

***

„Neuheiden? Ich glaub ich spinne", Hauptkommissar Wolter hielt gar nichts von den Mutmaßungen seines Mitarbeiters Kirn. „Wie kommen Sie denn darauf?"

Kirn hatte die rötliche Farbe, die in Wolters Gesicht aufstieg wohl bemerkt. In seiner ruhigen Art strich er sich zuerst über seinen gelichteten Schädel, dann seufzte er, um schließlich freundlich zu erwidern:

„Ich dachte, wegen der ganzen Konstellation in dem Museum. Ich habe bereits mit Marc Diesel konferiert heute Morgen. Der kennt sich in solchen Sachen aus. Wir haben zwar keine offizielle Gruppe hier in der Gegend, aber er hat mir einen Kontakt gegeben, den ich trotzdem noch gerne aufsuchen möchte."

„Was für einen Kontakt?"

„Irgendein Typ, der mit solchen Gruppierungen in Verbindung steht. Er wohnt am Schweinemarkt."

„Du vergeudest Deine und unsere Zeit. Ich habe ganz andere Informationen. Hier liegt der Bericht der Forensischen."

Wolter tippte mit dem Zeigefinger auf eine schmale Mappe vor sich auf dem Schreibtisch:

„Da steht was über die Tatwaffe. Und das zeigt in eine ganz andere Richtung. Es muss sich dabei um einen Krummdolch handeln. Und ich glaube nicht, dass Krummdolche zur Standardausrüstung der alten Germanen oder Slawen gehört haben. Wer hier und heute Krummdolche benutzt, der kommt aus einer ganz anderen Gegend der Welt."

Kommissar Naumann, der neben Nicole Reuter und Stefan Kirn auch noch in der morgendlichen Besprechungsrunde saß, warf ein:

„Du denkst an Orientalen oder so?"

„Was heißt oder so? Ich denke an Leute, die aus einem Kulturkreis kommen, in dem solche Geräte öfters mitgeführt werden. Ja. Wir sollten uns mal die Flüchtlingsunterkünfte in der näheren Umgebung ansehen. Vielleicht werden wir da eher fündig als bei den alten Germanen."

Das Schweigen nach dieser Einlassung stand etwas peinlich im Raum. Naumann hatte Bedenken:

„Wir können da nirgendwo Durchsuchungen machen. Wir haben keinen Befehl, und ich glaube nicht, dass wir aufgrund Deiner Spekulationen so bald einen kriegen werden. Das ist ´ne ziemlich delikate Angelegenheit."

Wolter zuckte mit seinen massigen Schultern:

„Da waren außerdem Rostspuren an dem Werkzeug."

Niemand im Raum konnte etwas mit dieser Zusatzinformation anfangen. Schließlich gab Reuter nach:

„Ich kümmere mich darum. Ich höre mich mal um."

„Und ich gehe trotzdem noch zu dem Typen am Schweinemarkt. Wir haben sonst nichts. Wir stochern im Nebel. Vielleicht kann Falko ja was über die Verwandten rauskriegen?"

„Gut", fasste Wolter zusammen: „Du verfolgst die Germanen. Falko sucht Verwandte und Nicole kümmert sich um Asylbewerber. Wir sehen uns um vierzehn Uhr wieder."

***

Kommissar Kirn traf sich mit Albert Bansing auf dem Marktplatz am Anacapri draußen. Er war um zwölf Uhr mittags verabredet und schon etwas früher gekommen, sodass er bereits seinen zweiten Cappuccino bestellt hatte. Die Sonne stand hoch, aber er hatte es sich unter einem großen Schirm bequem gemacht. Das Straßencafé war gut besucht, kaum noch Tische frei. Hinter seinem Rücken plätscherte kühl der Marktbrunnen. Dann sah er aus Richtung Schweinemarkt einen älteren Mann heranschlendern. Der trug ein altrosafarbenes Hemd über der Jeanshose, die Ärmel aufgekrempelt, keine Kopfbedeckung. Der Mann war schlank, Ende sechzig mit kinnlangen grauen Haaren, seitlich gescheitelt. Kein wesentlicher Glatzenansatz, bartlos. Als er näher kam, bemerkte Kirn einen Ring im linken Ohrläppchen. Die Beschreibung passte zu der, die der Mann am Telefon von sich gegeben hatte. Kirn winkte ihn heran:

„Herr Bansing?“

„Bin ich. Moin.“

„Kommissar Kirn. Guten Tag.“

Bansing nahm an Kirns Tisch Platz:

„Schönes Wetter heute. Macht richtig Spaß“, begann der Gast des Polizisten.

„Kann man wohl sagen.“

„Zu schön, um zu arbeiten, aber ich mach ja sowieso nichts mehr."

„Sie sind in Rente?"

„Frührentner. Wegen ′ner Rückengeschichte. Hab jahrelang in der Ziegelei gearbeitet, früher. Die letzte Zeit am Industriehafen. Dahinten bei Berndshof. Mit dem Holz. Jetzt ist Schluss."

Bansing bestellte sich einen Fruchtbecher. Dann kam Kirn zur Sache:

„Kommissar Diestel hat Sie erwähnt. Sagte ich ja schon am Telefon. Er meint, vielleicht können Sie helfen."

„Ich habe noch nie mit der Polizei zu tun gehabt. Hier geht′s doch nur um Informationen oder so. Was soll ich denn wissen?"

„Diestel sagte mir, dass Sie Kontakte zur Neuheidenszene haben."

„Ach darum. Also, Kontakte ist viel gesagt. Ich kannte mal welche."

„Hier in Ueckermünde?"

„Ja, hier auch. Aber die sind längst weggezogen. Wir wollten mal 'ne Gruppe gründen. Ist aber nichts draus geworden. Das Ehepaar ist jetzt in Rostock. Da gibt's 'nen ganzen Verein. Die nennen sich Odins Volk oder so. Ich weiß nicht mehr genau. Aber die haben 'ne eigene Internetseite. Das können Sie finden."

Kirn machte sich Notizen:

„Was machen die so, außer dass die sich einig sind?"

„Die betreiben Forschung, halten Vorträge, beschäftigen sich mit der Zeit vor der Christianisierung."

Bansing war jetzt warm geworden. Seine blauen Augen huschten lebhaft unter den buschigen grauen Brauen hin und her. Kirn merkte, dass das jetzt das Thema war, in dem sich der Alte zu Hause fühlte.

„Wissen Sie, Herr Kommissar. Die alten Slawen, die früher hier in der Gegend, in der Uckermark, lebten, die wollten gar nichts vom

Christentum wissen. Die einfachen Leute waren mit ihrer Naturreligion zufrieden. Und das Christentum, das kam ja von oben, von den Fürsten, von den Herrschern. Und wurde denen aufgedrückt. Die Bischöfe kamen ja vom Westen. Entweder mit Militär oder Angeboten. Lehen und so. Und deshalb machten die Fürsten hier mit, aber die einfachen Leute, die Bauern und Fischer, die wollten damit nichts zu tun haben ....."

Kirn unterbrach den Redefluss:

„Und die Neuheiden heute? Wollen die das Rad der Geschichte wieder zurückdrehen?"

„Eigentlich nicht. Das geht ja auch gar nicht. Die wollen ihren Glauben leben. Manche von denen haben auch mit dem alten Glauben gar nichts am Hut. Die sind naturverbunden. Die halten Vorträge über die alten Zeiten und Sitten."

„Sind da auch Neonazis dabei?"

„Nein. Die haben damit nichts zu tun. Das ist 'ne ganz andere Sorte."

„Gibt es bei den Odin-Anhängern auch Rituale?"

„Es gibt bestimmte Feiern, bei denen manche mitmachen: Sonnenwende zum Beispiel."

„Gibt es auch Opferrituale?"

„Ja. Auch."

„Mit was?"

„Bier oder Met und Getreide."

„Auch Tiere?"

„Nicht, dass ich wüsste."

„Menschen?"

Bansing sah sein Gegenüber entgeistert an:

„Worauf wollen Sie hinaus? Worum geht das hier eigentlich. Das haben Sie mir noch nicht erzählt."

„Es geht um das, was in Torgelow passiert ist. Sie haben sicher davon in der Zeitung gelesen."

Für einige Minuten herrschte Schweigen. Dann hatte sich der Alte wieder gefangen:

„Sie sind auf dem Holzweg. Vollständig. Das steht bei denen nicht auf dem Programm. Außerdem gibt es hier keine Gruppierung. Und – das ist völlig undenkbar."

„Mag ja sein. Dass das normalerweise so ist. Aber bei jeder Art von Randgruppen gibt es immer auch welche, die über das Ziel hinausschießen. Fanatiker, die solche Gruppen infiltrieren und ihr eigenes Süppchen kochen wollen. Deshalb ermitteln wir auch in diese Richtung. Wir wollen nichts ausschließen."

„Verstehe. Aber – wie gesagt – da kommt nichts bei raus. Das kann ich Ihnen jetzt schon sagen. Das ist vergeudete Zeit."

Das Letzte hatte Kirn auch schon von Wolter gehört. Er blinzelte jetzt in Richtung Ueckerstraße. Dann winkte er der Bedienung, um zu zahlen.

„Auf jeden Fall danke ich Ihnen für Ihre Zeit heute Mittag."

„Und ich danke für die Einladung – bei dem Wetter! Macht richtig Spaß!"

Am Wartislawstein

Rolf Schuster fuhr schon mehr als zwei
Stunden. Seit heute Mittag. Keine Spur von
Müdigkeit. Auf der A20 war um diese Zeit und in
dieser Gegend wenig los. Hinter Rostock war es
ruhig geworden. Seine Frau Elli auf dem
Beifahrersitz war ein wenig eingenickt. Jedenfalls
hatte sie seit zwanzig Minuten kein Wort mehr
gesprochen. Und der Sunny, der Goldenretriever,
hatte sich auf dem Rücksitz des Landrovers auf
seiner Fellunterlage neben der Angelkiste seines

Herrchens eingerollt und genoss das sanfte Schaukeln einer unaufgeregten Fahrt.

Rolf nickte zufrieden, als sie an Grimmen vorbeikamen. Bald wäre die eintönige Autobahnfahrerei geschafft. Dann ging es lustig, wenn auch gemächlich, über Land weiter. Jetzt kam der Abzweig nach Stralsund. Sie blieben stur Richtung Stettin. Dann bei Jarmen runter von der Autobahn auf die B110 in Richtung Anklam.

Durch den Richtungswechsel und das Bremsmanöver wurde Elli wieder in die Wirklichkeit zurückgeholt. Auch Sunny hob vorsichtshalber den Kopf, ließ ihn aber rasch wieder sinken, sobald sie auf der Landstraße wieder ruhige Reisegeschwindigkeit erreicht hatten.

„Sind wir schon von der Autobahn runter?" wollte die Frau wissen.

„Klar, noch ´ne Stunde und wir sind in Altwarp."

„Das ist dieses Mal aber schnell gegangen."

„Tja. Liegt alles am Fahrer. Optimale Strecke und beste Verkehrszeiten."

„Ich freu mich nachher schon auf Rosis Fischoase in Ueckermünde am Hafen. Auf den Backfisch."

„Ich mich auch. Wir liegen ja gut in der Zeit."

Mittlerweile waren sie an Liepen vorbei. Dann kam der Hinweis nach Dersewitz. Jetzt wurde die Straße etwas abschüssig und machte eine scharfe Rechtskurve. Rolf bremste ab.

„Ach ja", freute sich Elli. „Da ist ja der Stein. Fahr rechts raus. Zigarettenpause. Und der Hund soll sich die Beine vertreten. Soviel Zeit haben wir noch."

Sie bogen in eine holprige Landwirtschaftsstraße Richtung Grüttow ab. Kurz hinter der Abfahrt stand so eine überdachte Bank-Tisch-Garnitur, auf dem Rasenstück daneben ein hoher Bildstein, der Wartislawstein, der an die Ermordung des gleichnamigen pommerschen

Fürsten erinnerte, angeblich von dessen Bruder Ratibor aufgestellt. Eine Schautafel daneben gab einige Erklärungen. Auf der Vorderseite des etwa ein Meter hohen roten Granitsteins waren ein Kreuz und ein Trinkhorn eingemeißelt. Auf der Rückseite konnte man mit viel Phantasie noch eine menschliche Figur erkennen.

Hinten auf der Wiese in der Richtung, aus der sie gekommen waren, stand ein größeres Zelt – kein Campingzelt, wohl ein Schutzzelt für Arbeiten darunter. In Richtung Grüttow wurde die Fahrstraße von knorrigen Apfelbäumen gesäumt. Die Früchte waren kaum kastaniengroß. In einer anderen Gegend Europas würde man Calvados daraus machen. Auf der gegenüber liegenden Seite des Steins gab es eine eingezäunte Wiese, auf der aber jetzt keine Kühe grasten, von hohem Unkraut überwuchert. Alles war ruhig und still. Sunny konnte frei laufen und Elli wollte ein Stückchen Richtung Grüttow mit ihm gehen, während sie ihre zweite Zigarette in dieser Pause rauchte.

„Ich setz mich auf die Bank", entschied der Mann. „Geh du man los. Ich warte."

Aber sie kamen nicht weit.

Sunny stellte die Ohren auf, soweit das mit seinen schlappen Retrieverlöffeln ging, legte den Kopf zurück und schnupperte intensiv. Dann senkte er seine Nase in Bodennähe und trabte auf das Gatter im Weidezaun zu. Vor dem Gatter blieb er stocksteif stehen und rührte sich nicht. Dann schlug er an und sprang am Gatter hoch. Etwas stimmte da nicht.

Es war aber kein Tier zu sehen, kein Reh, keine Katze. Nichts.

Elli ging zum Gatter:

„Was ist denn, Sunny? Da ist doch nichts. Komm, wir gehen weiter."

Aber Sunny wollte nicht und bellte immer noch.

Elli spähte über den Zaun und sah nichts Außergewöhnliches. Jetzt kam auch Rolf näher:

„Was ist los? Hast Du was gefunden?" zu dem Hund.

Rolf beugte sich über das Gatter:

„Da liegt einer."

„Der schläft bestimmt. Der ist vielleicht besoffen."

„Kann sein. Vielleicht hat der aber was. Ich geh mal kucken."

„Hör bloß auf. Lass uns weiterfahren."

Das Gatter war nur angelehnt. Rolf zog es nach außen auf. Dahinter, zwischen Brennnesseln und Brombeerranken lag ein junger Mann mit dem Gesicht nach unten. Am Hinterkopf klaffte eine verkrustete Wunde.

„Der ist bestimmt tot", flüsterte Elli und hielt den Hund am Halsband. „Fass bloß nichts an."

Rolf Schuster kam wieder hinter dem Gatter hervor und zog sein Mobiltelefon aus der Hemdtasche:

„Ich ruf die Polizei. Steig Du solange ein mit Sunny. Mit dem Backfisch, das wird vorläufig nichts. Wir müssen solange warten, bis die kommen."

Ermittlungen

Polizeidirektor Lampader strich sich durch sein blondes, leicht gewelltes Haar, das ihm im Nacken etwas über dem Hemdkragen stand. Ansonsten präsentierte sich der lange Kerl wie gewohnt wie aus dem Ei gepellt hinter seinem massigen Schreibtisch in seinem Büro in der Polizeidirektion in Anklam an der Friedländer Straße: anthrazitfarbener Anzug wie maßgeschneidert, weinrote Krawatte, das leichte Muster in etwas dunklerem Ton wie aufgestickt, Bernsteinmanschettenknöpfe, schneeweißes Hemd. Vor ihm, in fast gebückter Haltung auf niedrigen

Stühlen, seine Assistentin Kriminalinspektorin Susanne Weißhaupt. Ihre blonden Ringellöckchen fielen sanft und schulterlang auf ein ziemlich dekolletiertes hellblaues Sommerkleid herab. Daneben ihr Kollege Hauptkommissar Jürgen Zernik, ganz in Einsatzkleidung: Jeans, kariertes Hemd und abgetragene dunkelbraune Cordjacke.

„Wir haben einen Fall in Grüttow. Augenscheinlich Mord. Sie beide übernehmen die Ermittlungen. Ich habe die Spurensicherung bereits persönlich angewiesen. Die sind schon vor Ort. Am Wartislawstein wurde eine männliche Leiche gefunden. Ein junger Mann. Er gehörte zu einem archäologischen Ausgräber-Team in der Nähe. Die hatten vor einigen Tagen auch eine Leiche gefunden – allerdings wohl tausend Jahre alt. Seltsamer Zufall. Ihr wisst, wo das ist, der Stein?"

Nicken.

„Dann fahrt jetzt raus."

„Wer hat die Leiche – ich meine die neue –
gefunden und wann? Gibt es sonst noch Infos?"
wollte Zernik wissen.

„Gefunden wurde der Körper hinter einem
Wiesenzaun von einem älteren Ehepaar. Urlauber.
Die haben uns verständigt. War so kurz vor Mittag.
Mehr weiß ich im Moment auch nicht. Sie handeln
selbständig. Zwischeninformationen wie sonst auch
an mich."

„Da häufen sich ja die Leichen in letzter Zeit.
Erst die Mumie, oder was das ist. Dann der
Ritualmord in Torgelow und jetzt hier. Vielleicht
gibt´s da ja einen Zusammenhang."

„Sehe ich momentan nicht. Sie ermitteln
vollkommen autonom. Um die Sache in Torgelow
kümmert sich Kollege Wolter."

***

Die gestreiften Plastikbänder waren bereits
gespannt. Drei Personen in weißen Papieranzügen

knieten schon im Gras und hantierten um den leblosen Körper herum. Zernik grüßte kurz und beugte sich zusammen mit seiner Kollegin über die Leiche. Dr. Schimmel, der Gerichtsmediziner, packte gerade seine Sachen zusammen:

„Von einem stumpfen Gegenstand erschlagen. Im Laufe der vergangenen Nacht. Mehr kann ich nicht sagen. Alles andere wie üblich später."

Die Leute aus Lampaders Team verstanden sich schnörkellos. Ihr Chef hatte sie im Laufe der Zeit so konditioniert: keine überflüssigen Worte, keine Laberei, immer sofort auf den Punkt kommen. Das war effizient, aber dafür war das Arbeitsklima dann eben auch kalt und unpersönlich. Alles hatte seinen Preis. Es gab nichts umsonst. So lautete die Devise.

Etwas abseits auf einer überdachten Bank wartete etwas niedergeschlagen das ältere Urlauberehepaar. Ihren Wagen hatten sie jetzt an der Ausfahrt zur B110 geparkt. Inspektorin Weißhaupt begann mit der Befragung. Die beiden Zeugen erzählten, wie sie den Leichnam gefunden hatten:

„Wo wollten Sie hin?"

„Nach Ueckermünde".

Die Frau gab jetzt den Ton an. Mit seinem Anruf bei der Polizei war für den Mann seine Pflicht getan. Er wollte nur noch weg, aber nach Backfisch stand ihm der Sinn nicht mehr, höchsten noch nach einem frisch gezapften Bier. Seine Kehle war trocken wie Staub.

„Was wollten Sie in Ueckermünde?"

„Mittagessen."

„Und dann?"

„Weiter. Nach Altwarp."

„Was wollten Sie dort?"

„Da ist unsere Ferienwohnung. Wir reisen heute an. Wir müssen noch anrufen, dass wir später kommen. Wegen des Vorfalls hier."

„Wo sind Sie sonst zuhause?"

Jetzt mischte sich der Mann wieder ein:

„Hier sind unsere Pässe. Wir kommen aus Wachtberg im Rheinland."

Die Inspektorin nahm die Personalien auf:

„Wer von Ihnen hat die Leiche gefunden?"

„Unser Hund."

„Wo ist der jetzt?"

„Im Wagen."

Sie gingen rüber zum Landrover. Sunny hatte sich mittlerweile beruhigt und sich auf seinem Fell eingerollt. Susanne Weißhaupt blickte kurz durch die Scheibe:

„Wie lange wollen Sie in Altwarp bleiben?"

„Vierzehn Tage", die Frau hatte wieder übernommen.

„Wir benötigen die Kontaktdaten Ihrer Vermieter in Altwarp. Und Ihre Mobilfunknummern. Sie können sich nach Lust und Laune bewegen, müssen aber erreichbar sein. Bleiben Sie im Umkreis. Falls Sie vorzeitig nach Hause zurück wollen, geben Sie uns Bescheid. Das wäre schon alles für den Moment. Sie können jetzt fahren."

Dann wandte sich die Inspektorin wieder an die Kollegen vom Streifenwagen:

„Wer hat den Toten identifiziert? Ich habe gehört, er gehört zu einem archäologischen Team. Wo haben Sie die Informationen her?"

Der Wachtmeister deutet auf das Zelt in der Ferne:

„Der Professor. Die sind alle dort versammelt und warten auf die Vernehmungen. Er und seine Leute."

„OK. Jürgen und ich gehen jetzt da rüber. Bis später."

***

Nachmittag in Ueckermünde. Alle sind in Wolters Büro. Aufgeregt. Kommissar Kirn am meisten:

„Ich habe es Euch ja gesagt. Das ist der zweite Fall. Dieses Mal am Wartislawstein. Wir haben es mit Ritualmorden zu tun. Meine Vermutung über die Neuheidenszene war richtig."

„Ganz ruhig. Hier tut sich nichts", brummte Wolter. „Ein Toter in der Nähe eines Feldsteines. Und ein Toter in einem Museumsdorf fünfzig Kilometer weiter weg. Wo ist da die Verbindung?"

„Fakt ist doch, dass beide Morde in der Nähe einer Kultstätte ausgeübt wurden."

„Welche Kultstätte? Die in Torgelow war eine nachgebaute zum Amüsement von Familien mit Kindern. In Grüttow steht ein alter Grenzstein, der höchsten Erinnerungswert hat. An beiden Plätze haben nie heidnische Rituale stattgefunden. Da fahren Deine Neuheiden doch nicht drauf ab."

Schweigen. Schließlich meldete sich Nicole Reuter versöhnlich zu Wort:

„Heinz, ruf doch einfach mal in Anklam an und finde heraus, was die denken. Kostet doch nichts."

„Weißt Du, wer in Anklam sitzt?"

„Klar. Aber das schadet doch nichts."

„Du hast gut reden. Wenn ich da anrufe und mit dieser krausen Idee von Stefan komme, denkt Lampader doch nur, wir kämen hier nicht weiter, und Zernik und Weißhaupt sollen uns aus der Scheiße ziehen."

„Gut", warf Naumann ein. „Lass mich das machen. Unverbindlich. Nur so Routine mäßig. Ob die da vielleicht ´ne Verbindung sehen. Unter Kollegen."

„Ich geh noch Mal ins Netz. Bansing hat mir einige Webadressen gegeben von einer Gruppe in Rostock."

„Wer ist Bansing?"

„Der Typ, der am Schweinemarkt wohnt, den ich bei Anacapri getroffen habe."

„Ach so. Ja dann …. Weitermachen."

Hauptkommissar Wolter drehte sich in seinem Bürosessel nach hinten und griff in ein Regal. Als seine Mannschaft sich nicht rührte,

zuckte er unwillig mit dem Kopf in Richtung Tür.
Dann verließen alle den Raum.

***

Wie zu erwarten, war Inspektorin Weißhaupt
eher kurz angebunden, als Falko Naumann seinen
freundlichen Kontakt aufnahm. Nein, Polizeidirektor
Lampader sähe keinerlei Zusammenhang zwischen
den beiden Fällen. Ein kontinuierliches Update
beider Teams zu den jeweiligen Ermittlungsständen
sei nicht erforderlich, außerdem zu aufwendig.
Sollte sich etwas ergeben, was einen
Informationsaustausch notwendig machte, würde
man selbstverständlich auf das Team in
Ueckermünde zugehen. Sie wünschte viel Erfolg
und einen schönen Tag.

Stefan Kirn hatte den Ansprechpartner einer
Neuheiden-Vereinigung, den er auf einer dieser
Web-Seiten gefunden hatte, angerufen, und
unverbindliche Auskunft angefordert – als

Privatperson, nicht als Polizist. Man lud ihn ein zu einer Vortragsveranstaltung im nächsten Monat über die Kultivierung von Sumpfgebieten in der alten Uckermark. Bei diesem Anlass würde sich Gelegenheit zu persönlichem Kennenlernen bieten. Die Frage nach Menschenopfern wurde freundlich verneint. Das hätte es auch in der Vergangenheit nie geben und entspränge der Propaganda von Gegnern der neuheidnischen Bewegung. Kirn beschloss, es zunächst dabei zu belassen. Der nächste Schritt würde dann eine formelle polizeiliche Vernehmung sein, aber dafür war die Ausgangslage noch zu dünn. Kirn fühlte sich wie beim Steinesägen.

Ein Stick

Der Tote beim Wartislawstein wurde als Carsten Holms identifiziert: zweiundzwanzig Jahre alt, Student der Altertumswissenschaften, Klassische Archäologie, an der Freien Universität Berlin, Mitglied des Ausgrabungsteams um Professor Zucker.

Zucker und seine Leute hatten sich schon Sorgen gemacht, dass Holms nicht zum Frühstück erschienen war. Der junge Mann hatte nicht verschlafen. Sein Zimmer in der Pension „Altes

Erntehaus" war verschlossen, aber es gab keine Reaktion auf Anklopfen und Rufen. Vielleicht war er in Anklam, Besorgungen machen? In der Nähe gab es eine Bushaltestelle. Aber warum hatte er sich nicht abgemeldet. Holms galt als zuverlässig und fleißig.

Die Akademiker zuckten mit den Schultern, räumten das Frühstückgeschirr ab und brachen auf. Zucker versuchte es auf dem Mobiltelefon, aber da sprang nur die Voice-Box an. Noch bestand kein Grund zur Sorge. Sie waren alle erwachsen und selbständig agierende Individuen. Akademische Freiheit.

Zur Ausgrabungsstätte konnte der Vermisste nur mit einem Taxi kommen. Busse hielten da nicht. Also ging man davon aus, dass er heute gar nicht erscheinen würde. Sie würden ihn erst wieder am Abend sehen.

Gegen Mittag kroch Zucker unter dem Ausgrabungszelt hervor und wollte es noch einmal per Telfon versuchen. Als er in die Runde blinzelte, bemerkte er den Auflauf weiter unten am Wartislawstein. Touristen

Oder auch nicht? Zwei Autos, davon ein Polizeiwagen. Deutlich zu erkennen. Am Telefon wieder keine Antwort. Der Professor stieg in die Grube zurück. Zehn Minuten später wurde die Persenning zur Seite geschoben, und ein Polizist steckte seinen Kopf ins Zelt. Dann ging alles ganz schnell.

Professor Zucker als verantwortlicher Expeditionsleiter wurde befragt: wie viele Leute bei ihm und ob sie vollständig wären. Nein. Einer wäre noch in Anklam. Wahrscheinlich. Wie alt: Anfang zwanzig.

Man bat ihn, das Stück die Wiese runter bis zum Stein mitzukommen. Zucker identifizierte den Toten: Carsten Holms.

***

Sie waren jetzt beim Zelt. Betretene Gesichter, verweinte Augen. Professor Zucker konnte fast nicht sprechen. Er trug die Verantwortung für seine ganze Truppe – eine Truppe, die einer harmlosen Arbeit nachging, ohne Böses zu tun. Melanie Seegers biss ihre Zähne so heftig zusammen, dass die Kiefermuskeln an jeder Seite einen Zentimeter nach außen gedrückt wurden, um weiteres Schluchzen zu verhindern. Michael Dühn blickte starr auf die aufgeworfene dunkelbraune Erde neben dem Zelt, die sie aus dem alten Grab herausgeschaufelt hatten. Dr. Kloster schüttelte ununterbrochen den Kopf. In seiner Fantasie sollte die ganze Aktion auch eine Art Abenteuerurlaub gewesen sein. Wie früher bei den Pfadfindern, wo er begeistert mitgemacht hatte. Mit Biwak und allem Drum und Dran. Der Assistent Tobias Watermann schien der Einzige zu sein, der einen klaren Gedanken fassen konnte. Er war es, der die Fragen der Beamten beantwortete:

Fragen nach dem Ablauf des vergangenen Tages, nach dem Verhalten von Carsten Holms, nach Auffälligkeiten. Wie ist der von Anklam nach Grüttow gekommen ohne Auto oder Fahrrad. Immerhin waren es knappe fünfzehn Kilometer.

Lebend hatte Dühn ihn nach eigenen Angaben zuletzt vor Rudi´s Bierstube am vergangenen Abend gesehen. So gegen zehn. Seegers war danach mit dem Bus zur Unterkunft gefahren, Dühn wollte noch ein Häuschen weiter. Warum und wie war Holms zum Wartislawstein gefahren? Oder gelaufen?

Wen wollte er dort treffen? Kannte er jemanden außerhalb des Teams aus der Gegend? Schulterzucken, Kopfschütteln.

Alle standen vor einem Rätsel. Ein Mitglied einer archäologischen Ausgrabungstruppe verschwindet nachts aus der gemeinsamen Unterkunft, begibt sich in die Nähe der Ausgrabungsstätte fünfzehn Kilometer weiter und trifft dort auf seinen Mörder. Zufall ausgeschlossen

– zumindest für die Leute von der Kriminalpolizei. Die warteten jetzt auf den Bericht der Spurensicherung vom Tatort. Nächster Schritt: Durchsuchung von Carsten Holms´ Zimmer in der Herberge. Vielleicht gab es dort Hinweise.

***

Draußen schien die Sonne auf die Dächer von Anklam. Die Menschen auf den Straßen und Plätzen waren überwiegend fröhlich, kauften ein, tranken Cappuccino oder aßen Eis, sofern sie nicht arbeiten mussten. Aber in der Friedländer Straße hockten vier Menschen in einem abgedunkelten Raum, damit sie sich besser konzentrieren konnten, und blickten angestrengt auf den Bildschirm eines Laptops, auf dem nichts weiter zu sehen war als ein hellblaues, sich bewegendes Muster auf weißem Hintergrund. Unten war waagerecht eine Achse mit Unterteilungen eingezeichnet, rechts in eckigen Klammern die kryptische Bezeichnung irgendeiner

Einheit, die nur einer von den vieren verstand, links senkrecht eine andere Achse, die ähnlich verziert war.

Aber es war nicht das Sehen, das hier eine Rolle spielte, sondern das Hören. Und sie hörten alles jetzt bereits zum Dritten, aber sicherlich nicht zum letzten Mal.

„Ich werde nicht schlau aus diesem Kauderwelsch", kommentierte Polizeidirektor Lampader. „Lass noch mal laufen!" Zu dem Techniker gewandt, der den Laptop bediente. Inspektorin Weißhaupt und Hauptkommissar Zernik hatten ihre Stirn in Falten gezogen und verharrten weiter so. Der Techniker machte drei Klicks mit der Maus und schon ging es wieder von vorne los:

„Una canc… me ricke… ak ay
Cuando … marchen sillentsch … un un…."

Die röchelnde Stimme brach ab. Jemand anderes zischte dazwischen:

„Los! Weiter! Weiter!"

Dann ein Stöhnen.

Dann wieder: „Weiter! Weiter!"

Die röchelnde Stimme übernahm wieder:

Se fü con... canto tristo a o... lug
Deo com com... mi sole..."

Stöhnen.

Im Hintergrund ein Art Mundharmonika..
Das seltsame Röcheln war wie ein Gesang mit
Harmonika-Begleitung. Lampader bedeutete dem
Techniker, der stand vom Tisch auf und knipste das
Licht an.

„Habt Ihr die Sprache erkannt? Das geht ja
noch zehn Minuten weiter so. Ich habe nicht
verstanden."

„Wir werden das alles in Ruhe analysieren
lassen. Der Stick geht noch heute raus nach
Schwerin. Wir haben ja eine Kopie von der
Audiodatei."

Der Techniker räumte seine Sachen zusammen. Lampader hatte an seinem großen Schreibtisch Platz genommen, die beiden anderen Ermittler davor. Der Techniker wollte mit seiner Ausrüstung verschwinden. Der Direktor hielt ihn zurück:

„Ich habe zwei verschiedene Stimmen gehört: die eine gab Anweisungen, die andere gehorchte. Und der gehorchte, der litt, der hörte sich gequält an, so als wär´ der kurz vor dem Zusammenbruch. Und dann immer wieder kurze Pausen und das schmerzhafte Stöhnen. Und immer, wenn der Gequälte sang, oder was das sein sollte, dann war da dieses Harmonikageräusch. Den Text von dem Singsang habe ich sowieso nicht verstanden. Irgendeine fremde Sprache. Rumänisch oder so. Ich weiß nicht."

„Brauchen Sie mich noch?" fragte der Techniker, der immer noch an der Tür stand.

„Ja. Also. Was wir brauchen ist: wie viele verschiedene Personen sind da zu hören? Was ist das für ein Lied? In welcher Sprache? Wie alt sind die Leute, die da kommunizieren? Denken Sie daran: wir haben den Stick mit der Datei im Zimmer des Ermordeten gefunden. Ist da vielleicht seine Stimme drauf?"

„Wie wollen wir das feststellen? Wir haben kein Vergleichsmaterial."

„Dann müssen wir den Professor und seine Leute herholen. Die sollen die Stimmen identifizieren. Aber auf jeden Fall brauchen wir vorher eine saubere entzerrte Version. Und möglicherweise lässt sich das Alter von beiden oder zumindest einem abschätzen. Also: auf geht´s."

„Wir tun unser Bestes."

Und verschwand.

Lampader wandte sich an seine Ermittler:

„Was meint Ihr?"

Vernehmungen

Kommissar Kirn hatte sich durchgesetzt. Er war in Rostock. Gegen den Willen aber mit Erlaubnis seines Chefs. Zusammen mit einem lokalen Kollegen, einem alten Freund, den Kirn noch von diversen Lehrgängen her kannte, Kommissar Timo Hollweg, klingelten sie an der Wohnungstür von Volker Niemeier im dritten Stock eines Mehrfamilienhauses in Reutershagen. Sie waren angemeldet. Niemeier war Schriftführer bei Odins Volk.

Der Mann, der öffnete, machte einen ordentlichen Eindruck. So hatte sich Kirn einen Neuheiden nicht vorgestellt. Er sah eher wie ein Geschichtsprofessor aus mit seiner randlosen Brille auf der Nasenspitze: ein kleiner Mensch mit leicht geröteten Wangen, einer Stirnglatze, kurzen schwarzen Haaren. Er trug eine graue Popelinweste mit Brusttaschen über einem dunkelblauen karierten Hemd und Jeans. Der Mann schien sich zu freuen.

„Kommen Sie rein. Polizei, nehme ich an. Wie vereinbart. Ich habe Kaffee aufgesetzt. Nehmen Sie Platz."

Auch die kleine Wohnung unter der Dachschräge machte auf den ersten Blick keinen neuheidnischen Eindruck. Später, beim Rausgehen, nahm Kirn einige alte Stiche von Rhein- und Elblandschaften im Hausflur wahr. Sonst war alles sehr spießig, aber gemütlich. Sie setzten sich aufs Sofa und ließen sich mit Kaffee und Plätzchen bewirten. Nach Präliminarien über das Wetter – es regnete gerade in Rostock – kam Kirn zur Sache.

„Kennen Sie das Ukranenland in Torgelow?"

„Wir waren schon einmal da. Mit einer Gruppe. Anschließend habe ich vor den anderen Mitgliedern einen kleinen Vortrag über diese Fahrt gehalten. War sehr interessant. Kommen Sie deshalb? Wegen des Vorfalls dort neulich?"

„Ja und nein. Aber der Vollständigkeit halber: waren Sie oder Mitglieder Ihres Vereins zu der fraglichen Zeit da unten?"

„Ich war ständig auf der Arbeit. Ich bin Buchhalter in einem Baumarkt. Die können das bezeugen. Für heute Nachmittag habe ich mir frei genommen. – Wie kommen Sie überhaupt auf mich?"

Der Mann schien echt erstaunt, seine Freundlichkeit ließ darüber aber nicht nach.

„Nur der Vollständigkeit halber. Sind irgendwelche Mitglieder Ihres Vereins zu der fraglichen Zeit dort gewesen?"

„Kann ich mir nicht vorstellen. Wir sind so knapp zwanzig Leute. Mal mehr, mal weniger. Aber wir kennen uns alle. Wenn da einer runter gefahren wäre, hätten wir darüber geredet. Wie gesagt: ein paar von uns waren vor gut eineinhalb Jahren da."

„Gut. Lassen wir das. Eigentlich haben wir keinen konkreten Verdacht. Noch nicht. Kennen Sie den Wartislawstein bei Grüttow?"

„Kenn ich auch. Haben wir uns auf der Fahrt damals auch angesehen. Ich kenne auch die Geschichte. Die Meldung habe ich auch gelesen. Vermuten Sie da einen Zusammenhang?"

„Das wissen wir nicht. Wir müssen Sie zunächst auffordern, über unser jetziges Gespräch Stillschweigen zu bewahren ...."

„Aber ich habe schon mit einem Bekannten aus unserem Kreis darüber gesprochen. Als Sie sich angemeldet haben"

„Dann ist das so. Aber trotzdem bitten wir Sie, von den Gesprächsinhalten nichts weiter zu geben. Klar?"

„Klar. Jawohl. Worum geht es?"

Kirn unterbreitete seine Theorie über einen möglichen neuheidnischen Hintergrund zu den Taten. Er wollte eine Einschätzung. Er biss nicht auf Granit. Im Gegenteil, er schien sich lächerlich gemacht zu haben. Er saß hier in der Stube eines Bücherwurms, der sich in einer Welt aus vorchristlicher Zeit verloren hatte – eine Welt, die wohl nur in der Phantasie dieses Menschen und seiner Anhänger existierte, aber die es real so wohl nie gegeben hatte.

„Was stellen Sie sich vor? Wir würden hier oder an irgendwelchen heiligen Orten Menschenopfer bringen? Das hat es früher nicht gegeben, und damit beschäftigen wir uns auch heute nicht. Wir sind eine Forschungsgemeinschaft, die altes Brauchtum pflegt. Ganz legal."

Gefragt nach anderen Gruppierungen, nach extremistischen Strömungen, konnte der kleine Mann nicht zu hundert Prozent ausschließen, dass es unter Umständen irgendwo radikale Strömungen gab, aber auch das hielt er für ziemlich unwahrscheinlich. Ihm war auf jeden Fall in seinem Netzwerk nichts darüber bekannt.

Als Kommissar Hollweg begann, unruhig auf der Sofakante hin- und herzurutschen, und der Kaffeevorrat sich dem Ende zuneigte, gab Kirn es auf. Sie bedankten sich und verabschiedeten sich. Niemeier gab ihnen noch eine selbstgemachte Visitenkarte mit.

„Jetzt könnte ich ein Bier gebrauchen", schlug Hollweg draußen auf der Straße vor. „Um die Ecke gibt's ein Hotel. Hast Du Lust?"

Sie setzten sich ins Lokal und betrachteten den Nieselregen. Hollweg wollte mehr wissen:

„Denkst Du an einen Zusammenhang zwischen den beiden Geschichten? Ich meine: in Torgelow und in Grüttow?"

„Kann sein. Aber wir ermitteln nicht in Grüttow. Das macht Lampaders Truppe allein."

„Und meinst Du immer noch, dass Neuheiden am Werk waren?"

„Immer weniger. Aber irgendeinen Zusammenhang muss es da geben. Irgendetwas, das mit den alten Zeiten zu tun hat. Aber das ist auch alles: die alten Zeiten. Sonst sehe ich noch keine anderen verbindenden Elemente."

„Auch nicht bei den Leuten?"

„Welche Leute?"

„Na ja. Irgendwelche Personen, die an beiden Orten auftauchen."

„Nicht, dass ich wüsste. Im Ukranenland, da sind die Komparsen und die Schreiner und das Personal. Und beim Wartislawstein, da gibt es den Professor mit den Studenten. Die haben alle nichts miteinander zu tun. Die sind über fünfzig Kilometer voneinander entfernt. Die einen kümmern sich um ein Museum, und die anderen um alte Gräber."

„…. aus derselben alten Zeit. Du sagst doch selbst, dass Du da einen Zusammenhang siehst. Schau Dir doch mal die Leute etwas genauer an. Irgendeiner muss das doch getan haben. Es sei denn, jemand von außen, aber Deine Neuheidentheorie ist ja wohl den Bach runter gegangen."

„Wahrscheinlich. Und wahrscheinlich hast Du Recht. Wir müssen anders fragen. Aber auf den Grüttow-Fall haben wir keinen Zugriff."

„Kannst Du ja trotzdem versuchen. Hinten herum, wenn Du weißt, was ich meine."

„Ja, ja. Schon klar. Ich fahr auf dem Rückweg mal in Anklam vorbei. Vielleicht bringt das was."

***

Kirn traf sich mit Hauptkommissar Jürgen Zernik in der Gaststätte am Steintor. Inoffiziell. Lampader sollte nichts erfahren, aber Kirn und Zernik kannten sich ebenfalls von früher her. Zernik hatte vor etlichen Jahren in Ueckermünde unter Wolter gearbeitet, bevor Lampader ihn nach Anklam geholt hatte. Damals hatte Kirn noch in den Lehrjahren gesteckt.

Trotz des sonnigen Wetters hier – im Gegensatz zum verregneten Rostock – saßen sie drinnen. Sie wollten nicht zusammen gesehen werden. Kirn berichtete von seinen Recherchen bei den Neuheiden, Zernik schüttelte den Kopf:

„Du bist auf dem Holzweg. Da hat es noch nie einen Fall gegeben. In diesem Milieu. Die halten sich bedeckt. Gib es auf."

Anders war seine Einschätzung auf mögliche Zusammenhänge zwischen den beiden Fällen. Auch er schloss diese Theorie nicht aus, obwohl Lampader die strikte Trennung der Ermittlungen verfügt hatte. Aber sie hatten ja nichts. Keine Anhaltspunkte auf ein Motiv. Zernik erzählte von dem Stick.

„Die Person, die auf dem Stick spricht, wurde eindeutig gequält. Das hört man. Aber der Tote am Wartislawstein, bei dem wir den Stick gefunden haben, der wurde nur erschlagen. Ich meine: da gab es keine weiteren Verletzungen. Der kann das nicht auf dem Stick gewesen sein."

„Dann hatte er die Aufnahme irgendwo her. Oder es war nur Schauspielerei und hatte mit der Sache nichts zu tun", gab Kirn zu bedenken.

„Noch ein Zufall mehr? Allmählich glaube ich nicht mehr daran. Vielleicht ist das eine gemeinsame Spur. Wer ist der Mann auf dem Stick? Und der andere, der ihn immer auffordert, weiter zu sprechen."

„Darf ich einen Vorschlag machen?"

„Tu das."

„Ich stelle mit den Kollegen eine Liste aller Personen zusammen, die wir in unsere Ermittlungen einbeziehen, mit den wichtigsten Details, die wir kennen, und mail sie dir zu. Wenn Du das Gleiche für Eure Seite machen könntest. Ohne das wir das offiziell machen. Und dann schieben wir die Namen hin und her."

„Du meinst: das Unwahrscheinliche wahrscheinlicher machen? Wir tun so, als ob Eure Verdächtigen auf unseren Fall passen und umgekehrt? Und schauen, was am Ende dabei herauskommt?"

„Ja. So ähnlich."

„Ziemlich unorthodox das. Auf jeden Fall wird dieser Ansatz mit Sicherheit nicht auf der Schule gelehrt. Meinetwegen. Aber, wenn Lampader dahinter kommt, bin ich für ihn gestorben."

Eine Spur

Kirn berichtete Wolter und seinen Kollegen
nur in groben Zügen, was er in Rostock gehört hatte.
Er ließ auch sein Treffen mit Zernik in Anklam aus.
Man war sich einig, dass die neuheidnische Fährte
keine Priorität mehr besaß – ja, eigentlich auch nie
besessen hatte. Inzwischen hatten Nicole Reuter und
Falko Naumann die beiden Gesellen von Ritter
etwas heftiger in die Mangel genommen. Dabei hatte
sich herausgestellt, dass das Verhältnis der Beiden

zu ihrem Meister doch nicht so harmonisch gewesen war, wie zunächst angenommen.

Kommissarin Reuter führte aus:

„Als Ritter aus dem Rheinland nach Eggesin kam, ging er zunächst in Stellung bei Altmann, seinem späteren Gesellen. Altmann hatte eine kleine Schreinerklitsche von seinem Vater noch aus DDR-Zeiten übernommen. Einen der wenigen selbständigen Betriebe, die man geduldet hatte. Und dann holte Ritter eines Tages einen fetten Auftrag an Land: Großbaustelle in Pasewalk. Die konnten sie zu Zweit nicht bewältigen zusammen mit den anderen kleineren Nebenarbeiten, die noch so anfielen. Aber Ritter engagierte Szymanek. Und kaufte Altmann die Firma ab."

„Einfach so?" warf Wolter ein.

„Nicht einfach so. Er stellte Altmann vor die Wahl: entweder wir machen das zusammen unter meiner Regie, oder Szymanek und ich machen das alleine. Dann hast Du Konkurrenz."

„Ritter wollte eine neue Firma gründen?"

„So ungefähr. Also: langer Rede kurzer Sinn: Ich, Ritter, lass Dir, Altmann ´ne existentielle Chance, wenn Du mir Deinen Laden überschreibst. Und ich zahl Dich aus. Grundlage waren natürlich die schmalen Umsätze bis dato; der Großauftrag in Pasewalk wurde da nicht mit reingerechnet. Den schrieb Ritter sich natürlich selber zu.“

„Wie lange ist das her?“

„Mehr als fünfzehn Jahre.“

„Reicht das als Motiv?“ Wolter blickte in die Runde.

Kopfschütteln:

„Warum sollte der solange gewartet haben?“ fragte Kommissar Naumann nach.

„Passende Gelegenheit?“ meinte Reuter.

„Die hat er doch sicher massenhaft zwischendurch gehabt. Die haben in den fünfzehn Jahren doch wohl oft genug auf einem Gerüst zusammen gestanden.“

„Wir müssen tiefer bohren“, beschloss Wolter die Konferenz. „Ich will alle Details aus dem persönlichen Leben von Altmann wissen. Und woher dieser Ritter gekommen ist. Haben wir schon was über Verwandtschaft?"

„Es gibt wohl noch eine Schwester im Westen, aber niemand kennt die Adresse. In den persönlichen Unterlagen von Ritter war nichts zu finden. Als der hierher gezogen ist, hat der wohl alle Brücken abgebrochen. Es gab ja damals so Typen, die wollten alles hinter sich lassen und im Osten neu anfangen. So einer war das anscheinend auch."

„Bestellt den Altmann hierher. Ich will ihn selbst vernehmen."

***

Altmann hatte für den Tatzeitpunkt ein Alibi. Er war bei der Jahreshauptversammlung seines Fußballvereins gewesen. Mehr als zwanzig Leute hätten das bezeugen können. Außerdem bestritt er, dass es vor fünfzehn Jahren zu einem Konflikt zwischen ihm und Ritter gekommen war. Die

Kommissarin hatte da wohl etwas fehl interpretiert. Im Grunde genommen war er froh gewesen, dass da jemand gekommen war, der mehr Ahnung von der Führung eines kleinen Betriebes hatte als er von seinem Vater gelernt hatte, der seine Erfahrungen ja noch aus der DDR-Planwirtschaft gesammelt hatte. Das Verhältnis in der Firma zwischen allen Beteiligten wäre harmonisch gewesen.

Aber Altmanns Besuch in der Dienstselle an der Liepgartener Strasse war nicht ganz ohne Ergebnis geblieben. Er hatte den Ort genannt, an dem Ritters Schwester gelebt hatte. Ganz zu Anfang, als Ritter aufgetaucht war, war der spätere Chef noch redseliger gewesen als später. Später war er zum großen Schweiger mutiert, außer, wenn er auf dem Bau seine Shanties gesungen hatte.

Ritters Schwester muss wohl noch eine zeitlang in einem Dorf in der Nähe von Bonn gelebt haben – bei den Sieben Zwergen.

Artefakte

Freddie, Henny und Arno hatten es sich wieder einmal auf den Bänken draußen vor der Cafeteria an einem der grob gefügten Holztische bequem gemacht und tranken auch an diesem frischen Morgen aus großen Pötten Kaffee. Die Männer trugen wieder ihre grauen, Kaftan ähnlichen Überwürfe mit den weitärmeligen dunkelgrünen Blusen und braunen langen Beinkleidern darunter. Wie immer steckten ihre Füße in Lederlatschen. Henny war wie sonst auch ganz ähnlich gekleidet.

Sie trug auch heute ihr langes weißes Baumwollkleid mit ihrer dunkelgrünen Schürze, die mit den zickzackförmigen Stickereien an den Rändern. Ihr Schmuck hatte sich allerdings etwas erweitert. Statt der drei Schnüre mit den bunten Steinchen trug sie heute ein anders Geschmeide zur Schau: einen silbernen Schläfenring, der durch ein ledernes Stirnband gehalten wurde. Das Leder war neu.

„Hast Dich heute schick gemacht", kommentierte Freddie. „Wusste gar nicht, dass die so was in ihrer Asservatenkammer haben. Siehst toll aus damit."

Henny errötete leicht:

„Kommt nicht von denen. Hat mir ein Verehrer geschenkt."

„Dann hast Du´s ja gut getroffen. Sieht nicht nach Modeschmuck aus."

Das blieb vorerst der einzige Scherz an diesem Morgen. Nach dem grausigen Fund neulich im Kultbereich war die Stimmung bei den Bewohnern des Ukranenlands im Keller.

Freddie warf Arno einen bedeutungsvollen Blick zu, bevor seine Augen wieder zu Hennys Stirnreif wanderten. Der zog die Augenbrauen hoch. Sie tranken ihren Kaffee auf und machten sich auf den Weg zur Arbeit: Webstuhl, Schmiede und so. Die Götzenanlage war ohnehin noch mit rot-weißen Bändern abgesperrt, obwohl sich seit Tagen kein Polizist mehr hatte blicken lassen. Die Sonne schien, es wehte ein laues Lüftchen – alle Voraussetzungen für gute Laune waren gegeben. Fast alle.

***

Im Kommissariat an der Liepgartener Straße war eine anonyme Anzeige eingegangen. Es ging um Diebstahl – genauer gesagt um vermuteten Diebstahl. Oder um nicht gemeldete antike Artefakte. Auf jeden Fall hatte jemand sich Sorgen um den Stirnreif, den eine verkleidete junge Frau in der Öffentlichkeit trug, gemacht. Im Ukranenland.

Die Polizisten aus Ueckermünde hatten andere Probleme im Ukranenland. Sie traten auf der Stelle. Und dass jetzt irgendein Neidhammel kam, und meinte, einen wertvollen Hinweis damit zu liefern, dass er den Kopfschmuck einer Frau, die sich ohnehin von Berufs wegen historisch verkleiden musste, als Diebesgut vermutete, hielt die Leute nur von ihrer Arbeit ab. Man fertigte eine Notiz an und beließ es dabei.

Noch eine Spur

Einen Tag später saßen sie wieder zusammen an der Liepgartener Straße: Hauptkommissar Wolter und seine Helfer: Kirn, Naumann und Reuter. Naumann hatte die Kontenbewegungen von Ritter mitgebracht. Zunächst nichts Außergewöhnliches: Der Getötete hatte drei Konten: ein Geschäftskonto, ein privates und ein Sparbuch. Sonst keine Geldanlagen.

Das Geschäftskonto schien nach allgemein akzeptierten Regeln geführt worden zu sein. Der

Laden befand sich in schwarzen Zahlen mit auf dem ersten Blick mäßigen Gewinnen.

Das Privatkonto verzeichnete Entnahmen aus dem Geschäftskonto gegen Ende jeden Monats. Auch nicht Ungewöhnliches. Damit wurden gängige Verpflichtungen beglichen: Strom, Wasser, private Versicherungen, Gebühren und gelegentlich Abhebungen von kleinen Beträgen zum allgemeinen Lebensunterhalt.

Es gab eine Auffälligkeit.

Regelmäßige Überweisungen eines größeren Betrags an eine Stiftung. Der Betrag war zu groß, um von den Entnahmen aus dem Geschäftsbetrieb gedeckt zu werden. Deshalb hatte immer mal wieder zwischendurch auch ein Transfer vom Sparbuch stattgefunden.

Die zweite Auffälligkeit war das Sparbuch selbst. Es gab wenige Einzahlungen vom Geschäftskonto, ansonsten nur größere Übertragungen auf das Privatkonto in Abständen von einigen Monaten. Bei der Eröffnung des

Sparbuchs vor etlichen Jahren war eine ungewöhnlich große fünfstellige Summe eingezahlt worden. Das war in dem Jahr gewesen, in dem Ritter den Betrieb in Eggesin gekauft hatte.

Wolter kniff die Augen zusammen und resümierte:

„Wir müssen herausfinden, was es mit der Stiftung auf sich hat: Hier steht ‚Limbachstift'. Worum geht es da? Wer ist der Nutznießer. Und dann. Das kommt mir seltsam vor. Da kauft ein Handwerker ein kleines Unternehmen auf und hat noch soviel Geld, um ein fettes Sparkonto anzulegen. Das ist nicht plausibel. Falko, Du checkst diese Stiftung. Nicole und Stefan, ihr kümmert Euch um die Kaufabwicklung von damals."

***

Die Sache mit der Stiftung war recht schnell geklärt. Ein Anruf bei der Bank. Naumann berichtete Wolter bereits eine Viertelstunde später:

„Das Limbach-Stift ist eine Seniorenresidenz in einer Flächengemeinde, die Wachtberg heißt – Ortsteil Berkum. Diese Gemeinde liegt am Rhein, etwa fünfzehn Kilometer südlich von Bonn."

„Nein – nicht schon wieder!"

„Ja. Schon wieder. Aber, bevor wir alte Kontakte ausgraben, sollten wir bei dieser Residenz anrufen und fragen, auf wen sich das Aktenzeichen in der Überweisung bezieht."

„Hast Du die Nummer von dem Heim?"

Naumann wählte sie im Beisein von Wolter an. Sie bekamen keine Auskunft. Könnte ja jeder kommen und sich als Polizist am Telefon ausgeben. Es gäbe genügend Trickbetrüger im Umkreis.

„Hilft nichts", kommentierte Naumann. „Hast Du noch die Nummer vom Klein?"

Wolter drückte auf der Tastatur seines Smartphones herum. Nach einigen Versuchen hatte er Hauptkommissar Thorsten Klein in Bonn in der Leitung.

Halli-Hallo.

Ja, sie würden sich darum kümmern, wer der Nutznießer der Überweisung sein könnte. Wolter sollte nur den Kontoauszug einscannen und per Email an ihn schicken.

Dann erzählte Wolter seinem Homologen in groben Zügen die Fahndungsgeschichte.

Eine Viertelstunde später – Naumann hatte Wolters Büro bereits verlassen – ging Wolters Mobiltelefon. Die Nutznießerin war eine ältere Dame, die seit einigen Jahren dort in der Seniorenresidenz lebte. Sie hieß Ingrid Ritter.

Endlich hatten sie eine Verwandte.

Jetzt waren wieder einmal die Rheinländer gefragt.

Lebensgeschichten

Nachdem Ihre Mutter plötzlich verstorben war – sie war auf dem Weg zum Einkaufen ins Dorf gestürzt, hatte sich das Knie auf dem Feldweg an einem rostigen Eisenteil aufgeschlagen, die Wunde nicht behandelt und sich eine Blutvergiftung zugezogen, hatte ihr Bruder sie in dieses Heim in Berkum gebracht. Hier wohnte sie seid vielen Jahren jetzt schon zusammen mit zwölf anderen Frauen und Männern im Betreuten Wohnen des Limbachstifts. Ihr Bruder hatte sie zu Anfang noch zwei- oder dreimal besucht, Formalitäten erledigt und war danach – zumindest für sie – spurlos verschwunden.

Kein Lebenszeichen mehr.

Keine Adresse.

Und jetzt war die Polizei da.

Nach dem Frühstück im Gemeinschaftsraum hatte die Heimleiterin sie still zur Seite genommen:

„Ingrid, wir gehen jetzt in mein Büro, da sind zwei Herren, die wollen mit Dir reden."

Die zwei Herren trugen aber Uniform, und mit Polizisten sollte sie sowieso nicht sprechen – hatten ihr Bruder und ihre Mutter ihr immer eingebläut. Kein Wort zu denen. Da saßen sie.

Sie waren freundlich, aber ernst und stellten sich vor. Der eine Polizist war sogar eine Frau.

Ingrid war jetzt fast vierzig Jahre alt, und die Frau Polizistin fragte sie nach ihrem Bruder. Sie sagte, dass sie ihn lange nicht gesehen hatte. Und Post hatte er ihr auch nie geschickt. Nicht einmal zu Weihnachten. Aber die Polizisten hatten von der Heimleiterin erfahren, dass der Bruder immer die

Differenz zu den anfallenden Kosten für Ingrid beglich, die die Kassen nicht tragen konnten oder wollten. Jeden Monat pünktlich.

„Wir müssen Ihnen mitteilen, dass Ihr Bruder verstorben ist."

Ferdi war tot. Der Ferdi. Zuerst sagte sie nichts, dann find sie leise an zu weinen:

„Warum?"

Die Heimleiterin versuchte zu erklären, dass alle Menschen irgendwann einmal sterben müssten. Sie sagte aber nicht, wie Ferdinand Ritter umgekommen war. Was sie von der Polizei erfahren hatte. Sie war ganz ruhig. Die Beamten hatten ihr erzählt, dass Ritter nicht unvermögend von der Welt gegangen war. Man suchte nach Erben, und Ingrid war eine davon, vielleicht sogar die Einzige.

Die Beamten wollten etwas über Ingrids Verwandtschaft wissen, aber sie hatte früher nur noch eine Tante, die Schwester ihrer Mutter, gekannt, aber wo die jetzt wohnte, wusste sie auch nicht.

Dann fragten sie nach der Zeit, kurz bevor sich die kleine Familie aufgelöst hatte, bevor sie ins Heim kam. Ob alles gut gewesen sei.

Ingrid erzählte von den Zeiten auf dem Hof, von den Abenden im Wohnzimmer, den Liedern, die Ferdi zum Akkordeon gesungen hatte, und dass er davon geredet hatte, dass sie alle bald reich sein würden. Und dann war es doch ganz anders gekommen.

Kommissarin Tanja Maurer bohrte behutsam nach. Ob es noch andere Menschen in ihrem Leben gegeben hatte – außer Mutter und Bruder.

Ein kleiner Junge.

Der war mal für einige Zeit zu Besuch da gewesen. Den Namen kannte sie nicht mehr. Er war auch nicht verwandt mit ihnen gewesen. Soviel wusste sie. Ein kluges Kind, sehr gelehrig, hatte manchmal sogar in der Werkstatt ihres Bruders mitgeholfen. Dann war er wieder weg. Mehr wusste sie auch nicht.

Kommissar Sven Kessenich ließ nicht locker, obwohl die Befragte anfing, dicht zu machen. Es kam als Antwort nur noch ein Gemurmel und „weiß nicht".

„Wie alt war der Junge?"

„Weiß nicht mehr."

„Wo kam er her?"

Keine Reaktion.

Irgendetwas hatte ihr den Mund verstopft. Irgendein Reflex machte, dass sie ab jetzt nichts mehr sagte.

Noch zwei Fragen von Maurer, dann wollten sie gehen, und als sich die beiden Polizeibeamten erhoben, sagte Ingrid noch etwas:

„Das mit dem Jungen, das stimmte doch gar nicht. Das hab ich doch nur so gesagt."

Die Polizisten holten sich von der Heimleiterin die ehemalige Wohnadresse von Ingrid.

***

Mit etwas Mühe fanden Sie das einsame Haus am Waldesrand in der Nähe von Adendorf. Ein Schmuckstück, in dem jetzt eine junge Familie lebte: ein Ehepaar Mitte dreißig mit zwei kleinen Mädchen. Aber es war niemand zuhause. Die Eltern waren arbeiten und die Kinder in der Kita. Das erfuhren sie später vom Metzger.

Das Haus musste vor nicht allzu langer Zeit komplett renoviert worden sein. Fenster und Türen waren neu und Solarpanelen befanden sich auf dem Dach. Als die Polizisten abends noch einmal zurück kehrten, erzählten ihnen die Eheleute, dass sie das Haus in einem desolaten Zustand vor mehr als fünfzehn Jahren auf eine Zeitungsannonce hin für eine relativ bescheidene Summe gekauft hatten. Die alte Scheune, die sich damals noch auf dem Grundstück befunden hatte, hatten sie abgerissen.

Nein, den Vorbesitzer hatten sie nur einmal kennen gelernt – beim Notartermin. Sie hatten ihn nicht gekannt.

Im Dorf selbst waren die Leute zurückhaltend, was die ursprünglichen Besitzer des Hauses anbetraf: ein Schreiner mit seiner Mutter, die früh und durch einen Unglücksfall verstorben war, und dessen Schwester etwas einfältig gewesen war. Sie war nach dem Tod der Mutter in ein Heim gekommen. Der Schreiner hatte das Anwesen verkauft und war fortgezogen. Wohin? Wusste man nicht.

Etwas ausführlichere Informationen erhielten sie im Lebensmittelgeschäft von Henrichs. Trotz der unschlagbaren Konkurrenz durch das Einkaufszentrum in Meckenheim hatte die alte Frau Henrichs darauf bestanden, ihren herkömmlichen kleinen Gemischtwarenladen nicht zu schließen. Und das hatte sich bewährt. Großeinkäufe hatte es bei ihr sowieso nie gegeben, aber die kleinen Dinge, das, was die Leute woanders vergessen hatten, die kauften die Dorfbewohner noch bei ihr. Und davon und von ihrer bescheidenen Rente konnte sie leben.

Ja, die Ritters. Das waren komische Leute. Verschwiegen. Nahmen am Dorfleben nicht teil. Nur gelegentlich, wenn sie die Tochter schickten, erfuhr sie, was in dem Haus so vor sich ging. Die Mutter hatte alles zu sagen, der Sohn kam auf keinen grünen Zweig, spielte nur auf seinem Akkordeon. Aber irgendwie mussten die einmal zu Geld gekommen sein. Kurz bevor die Mutter starb, stand ein neues Auto auf dem Hof. Ein neues. Kein gebrauchtes.

Und dann hatte die Tochter irgendwann einmal von einem Ferienkind erzählt.

„Ich glaube, das war so um Ostern herum. Sie wollte einen Osterhasen aus Schokolade haben. So für nichts. Hatte kein zusätzliches Geld dabei. Die Mutter gab immer passend. Aber ich hab ihr den nicht gegeben."

„Ein Ferienkind?"

„Ja. Irgend so etwas. Aber vielleicht hatte sie auch gelogen und wollte den Hasen nur für sich selbst. Die hatten doch keine Verwandten oder Bekannten. Da kam doch niemand."

„Haben sie das Kind gesehen?"

„Nein. Wie gesagt: ich hab ihr das nicht geglaubt."

„Hat sonst jemand im Ort da ein Kind gesehen?"

„Nicht, dass ich wüsste."

Sonst gab es nichts zu berichten. Die Ausbeute war mager. Feinde hatte es keine gegeben, nur Ignoranz. Ein neues Auto bei wenigen Ressourcen. Ein Phantomkind.

Ein Nachmittag im Kommissariat

Die Sonne drängte sich an diesem
Nachmittag durch die geschlossenen
Fensterscheiben des nicht-klimatisierten
Besprechungsraumes an der Liepgartener Straße.
Die Pinwand am Kopfende des Raumes war der
Gegenstand allgemeinen Interesses. Davor hatte sich
der füllige Hauptkommissar Wolter aufgebaut,
Filzschreiber zwischen den Fingern. Auf einem
Flipchart hatte er eine Sukzession von
Spiegelstrichen kreiert:

„Hier sind die Neuigkeiten aus Bonn, die mir Kollege Klein vor einer halben Stunde am Telefon rübergeworfen hat. Email folgt in Kürze."

Wolter deutete auf die in Rot geschriebenen Zeilen auf dem Blatt und las vor. Sehr zur Erleichterung seines Publikums, das aus den Kommissaren Falko Naumann, Nicole Reuter und Stefan Kirn bestand. Die Handschrift ihres Chefs, selbst wenn oder gerade weil vergrößert, war mit normaler Schulbildung und ohne künstliche Intelligenz nicht entzifferbar. Da stand also:

Ritter

- vor ca. 15 Jahren

- plötzlich neues Auto

- ungeklärter Aufenthalt: kleiner Junge

- Hausverkauf für 65 000

- Kauf einer Schreinerei in Eggesin

- monatliche Zahlungen an Limbachstift für Schwester seitdem

- hohe Rücklagen trotz Ausgaben

„Hinter alle diesen Feststellungen steht kein Fragezeichen, weil das Feststellungen sind. Das Fragezeichen steht woanders, nämlich hinter dem Satz: was bedeutet das?"

Reuter meldete sich:

„Wir können diese Liste gleich noch verlängern. Stefan und ich haben uns über die Ankaufsmodalitäten bezüglich der Schreinerei schlau gemacht."

Sie ging nach vorn und nahm Wolter den Stift weg. Sie fügte nur einen neuen Spiegelstrich hinzu:

- *Bezahlung in Bar*

„Der Mann muss über ausgezeichnete Geldquellen verfügt haben, als er hierhin gezogen ist."

„Er hat aber sein altes Haus verkauft", warf Naumann ein.

„Hat er. Wir haben den Erlös, die 65 000, mit den Ausgaben und den Rücklagen verglichen. Da klafft eine gewaltige Lücke. Der Erlös aus dem

Verkauf seines Hauses hätte bei Weiten nicht gereicht um Ankauf und Sparkonto gleichzeitig zu decken, geschweige denn Umzugskosten, monatliche Zahlungen an das Heim, Startkapital für seine neue Existenz und so weiter."

„Vielleicht hat er geerbt. Nur … wir kennen seine sonstige Verwandtschaft nicht. Seine Mutter ist tot."

„Klein sagt, die Familie hätte bis kurz vor dem Tod der Mutter in mehr als bescheidenen Verhältnissen gelebt", warf Wolter ein.

„Vielleicht waren die nur sparsam", meinte Naumann trotzdem.

„Kann sein, aber durch Sparen ist noch niemand Millionär geworden."

„Reden wir denn über Millionen?"

„Das nicht. Aber schon über erkleckliche Summen. – Leute: wie kommen wir da weiter? Folgende Dinge müssen geklärt werden: wie kam Ritter an das viele Geld? Wer war der unbekannte Junge in dem Haus? Gibt es da einen

Zusammenhang? Und: hat das überhaupt etwas mit seiner Ermordung in Torgelow zu tun?"

Jetzt war Kirn dran:

„Also, die ersten drei Fragen können eigentlich nur die Bonner beantworten. Das sind Dinge, die sich da vor Ort abgespielt haben. Und das ist lange her. Die müssen in ihre Archive abtauchen. Da können wir nichts machen."

„Ja, Stefan. Vielleicht solltest Du mal wieder da runter fahren und mit Kommissarin Maurer in so ein Archiv abtauchen."

Allgemeines Gelächter.

„Spaß beiseite, aber Stefan hat Recht", resümierte Wolter. „Da braucht aber niemand von uns jetzt runter. Wenigsten vorläufig nicht. Außerdem ist es meiner Erinnerung nach noch zu früh auf dem Kalender für Pützchens Markt. Und die letzte Frage nach der Bedeutung für das, was im Ukranenland geschehen ist, können wir erst nach der Beantwortung der ersten drei Fragen selbst beantworten. Die Bonner sind am Zuge. Ich werde

Klein gleich anrufen. Währenddessen gibt es hier genug zu tun. Zum Beispiel ist immer noch nicht geklärt, ob es einen Zusammenhang zwischen dem Mord im Ukranenland und dem am Wartislawstein gibt."

Spuren im Rheinland

Im Gegensatz zum sonnigen Mecklenburg-Vorpommern regnete es zu dieser Zeit am Rhein, besonders gegen die Fensterscheiben von Hauptkommissar Kleins Büro. Starkregengüsse trommelten gegen das Glas, und durch die verschwimmenden Wassermassen, die draußen herunterströmten, war nichts mehr als graue Welt zu erkennen. Klein informierte seine Mitarbeiter, die Kommissare Sven Kessenich und Tanja Maurer, genannt Mariechen.

„Unsere Freunde aus dem Osten haben den kleinen Gefallen, den wir Ihnen im Falle Ritter getan haben, so positiv aufgenommen, dass wir jetzt richtig viel Arbeit haben. Wir sollen sozusagen die Kastanien für sie aus dem Feuer holen."

Kessenich stand in einer Ecke und lehnte sich gegen einen grau-stählernen Aktenschrank, während Maurer auf dem Stuhl vor dem Schreibtisch ihres Chefs Platz genommen hatte. Kessenichs Haarpracht hatte sich noch mehr ausgedünnt, und Maurers Fülle hatte im Gegensatz dazu zu genommen als zu der Zeit, als sie den ersten Kombi-Fall mit den Ostlern, den Berstseinhändler, gelöst hatten..

„Was wollen die denn jetzt schon wieder?" war ihre Frage. „Können die das nicht selber klären?"

„Können die nicht. Die Dinge, die sie interessieren, können nur hier vor Ort geklärt werden. Im Wesentlichen geht es um zwei Fragen: wie sahen die finanziellen Verhältnisse von Ritter zu der fraglichen Zeit aus? Und: was hat es mit dem kleinen Jungen auf sich, von dem die Schwester und die Frau von dem Laden in Adendorf geredet haben? Wie wollen wir vorgehen? Wir haben alle hier mit laufenden Ermittlungsfällen in Bad Godesberg und Umgebung zu tun, zusätzliche Ressourcen gibt es nicht, und Urlaub kriegt Ihr sowieso vorerst nicht mehr. Braucht Ihr bei dem Wetter übrigens auch nicht."

Nach kurzem Nachdenken kam ein erleichternder Kommentar von Kessenich:

„Punkt eins ist abgehakt. Ich nehme an, bei den Geldangelegenheiten geht es um die Lage hier. Als Ritter hier noch wohnte. Für die Zeit danach müssen die sich da oben kümmern. Da war er ja weg."

„Ja. Natürlich. Nur für die Zeit bis unmittelbar vor seinem Wegzug. Ist doch klar."

„Dann sind wir aus dem Schneider. Das ist mehr als zehn Jahre her. Das ist außerhalb der Aufbewahrungsfrist der Banken. Da kriegen wir nichts mehr über seine Konten. Den Punkt können die vergessen."

„Dann können wir das Rätsel über den plötzlichen Reichtum nicht lösen. Lassen wir das erst einmal bei Seite. Tanja, kannst Du Dich um Altfälle über vermisste Kinder zu der Zeit kümmern?"

„Meinst Du, es ging um Entführung und Lösegeld?"

„Schon möglich. Ich versuche, etwas über Ritters Vergangenheit heraus zu finden. Vorstrafen oder so. Damals waren wir alle noch nicht hier im Dienst. Ich war noch bei der Verkehrstreife."

Die Glasmenagerie

Es gab zum Abendbrot wieder Milchsuppe mit eingebröckelten Schwarzbrotstückchen für den Jungen. Er hatte bereits seinen schmuddeligen Schlafanzug an und löffelte die Suppe teilnahmslos in sich hinein.

„Du musst ihn nicht so verwöhnen", kommentierte die Mutter.

„Er muss ja schließlich leben", war die Antwort ihres Sohnes: „So oder so."

Dann meldete der Junge sich selbst zu Wort:

„Wann komme ich wieder nach Hause?"

„Das haben wir Dir doch schon tausendmal gesagt. Es liegt an Deinen Eltern. Wenn Dein Vater Dich holen kommt. Dann kommst Du nach Hause."

„Und wann ist das?"

„Sicher bald. Sicher in den nächsten Tagen. Nun iss."

Dann lasen die Frauen, Mutter und Tochter, wieder in ihren bunten Magazinen

„Sieh mal", sagte die Mutter dann zu ihrer Tochter, die in einem Modekatalog blätterte: „Hier. Schau mal, das T-Shirt. Ist das nichts für Dich? Bald haben wir Geld. Dann kannst Du Dir zehn Stück davon bestellen."

„Ja. Zehn Stück", grinste die Tochter. Dann blätterte sie weiter.

Der Junge war noch am Tisch sitzen geblieben, den ausgelöffelten Teller vor sich und wartete auf das Zubettgehen, aber der Mann rührte sich nicht. Er spielte mit der Fernbedienung, fand aber nichts Gescheites. Nachdem er alle Sender durch war, reckte er die Arme nach oben, seufzte und kündigte an:

„Wir machen Musik."

„Nicht schon wieder!" rief die ältere von den beiden Frauen.

„Doch. Wie schön!" rief die jüngere von den beiden Frauen.

Der Junge kannte das Ritual. Schon mindestens zehnmal.

Der Mann ging ins Obergeschoss und kam mit seinem Akkordeon zurück, schnalle es sich um und nahm auf dem Sofa Platz. Zuerst klimperte er ein wenig herum, drückte einige Bässe, schob das Gerät auf und zu. Dann hatte er gefunden, was seine Inspiration hergab.

Alte Melodien.

Ich hab mein Herz in Heidelberg verloren.

So ein Tag, so wunderschön wie heute.

In einer kleinen Konditorei.

Und zum Schluss das Bouquet. Dabei schaute er den Jungen aus den Augenwinkeln an und zwinkerte ihm zu und lachte:

„Ein Wind weht von Süd und zieht mich hinaus auf See,
mein Kind, sei nicht traurig, tut auch der Abschied weh.
Mein Herz geht an Bord und fort muss die Reise geh'n,
Dein Schmerz wird vergeh'n und schön wird das Wiederseh'n.
Mich trägt die Sehnsucht fort in die blaue Ferne,
unter mir Meer und über mir Nacht und Sterne.
Vor mir die Welt - so treibt mich der Wind des Lebens.
Wein' nicht, mein Kind, die Tränen, die sind vergebens. "

„Singt doch mit!"
Der Junge schüttelte stumm den Kopf.

Die Mutter starrte geradeaus, aber die Tochter fiel jauchzend ein:

„Auf Matrosen ohé!
Einmal muss es vorbei sein,
Einmal holt uns die See.
Und das Meer gibt keinen
Von uns zurück.
Seemanns Braut ist die See
Und nur ihr kann er treu sein,
Wenn der Sturmwind sein Lied singt,
Dann winkt mir
Der großen Freiheit Glück. "

So war das an diesem Abend. So war das an vielen Abenden. Lieber wäre er früh ins Bett gegangen, wie sonst.

Schließlich brachte ihn der Mann auf den Dachboden. In einem geräumigen Verschlag ohne Fenster standen eine Kiste mit Spielzeug und ein Bett.

„Schlaf gut", sagte der Mann. Der Junge sagte nichts und kroch ins Bett. Nachdem der Mann die Brettertür des Verschlags von außen verriegelt hatte, dreht der Junge sich zur Wand und weinte sich in den Schlaf.

Urschrei

Es war wieder einmal spät. Das Abendbrot war gegessen, und der Junge hatte dieses Mal wieder nichts bekommen. Er brauchte dieses Mal auch nicht in seinen schmuddeligen Schlafanzug zu wechseln. Die Erwachsenen löffelten ihre Suppe, und er musste zuschauen.

Niemand sprach. Der Junge ahnte, dass etwas Ungewöhnliches bevorstand. Vielleicht durfte er ja heute Abend nach Hause. Vielleicht. Immer vielleicht.

Nach dem Essen räumte Ingrid ab.

Sie stellten den Fernseher an. Es lief wieder eine Quiz-Show. Er durfte auf dem Sofa sitzen bleiben:

„Muss ich noch nicht ins Bett?"

„Sei still und guck", knurrte die Alte.

Der Junge sagte nicht mehr. Aber er hatte Hunger. Er sagte es nicht. Er wartete. Dann fielen ihm die Augen zu.

Als der Mann ihn in die Seite stieß, war es draußen schon dunkel. Das sah er durch die Fensterscheiben.

„Komm, zieh Dir Deinen Anorak an!"

Der Mann stand schon fertig im Mantel vor ihm und hielt ihm seinen Anorak entgegen. Der Junge stand auf. Er war müde. Er zog die Jacke an, und dann nahm ihn der Mann bei der Hand und ging mit ihm hinaus in die Dunkelheit.

Im Hof stiegen sie ins Auto.

Sie fuhren den Weg zum Dorf hinab, aber kurz darauf wieder zwischen Felder – immer weiter, um tausend Ecken und Biegungen und durch Waldstücke. Man konnte nichts richtig erkennen, nur die tastenden Scheinwerfer und das Geholpere spüren.

Irgendwann nach langer, langer Zeit hielt der Mann den Wagen an und zog die Handbremse. Er ging um das Fahrzeug herum und öffnete die Beifahrertür:

„Aussteigen."

Der Junge kletterte heraus und sah sich um. Sie standen wieder an einem Waldrand. Es war totenstill. Irgendwo schrie ein Tier. Der Junge war auch dieses Mal froh, dass er nicht alleine war. Der Mann nahm ihn wieder an die Hand, und sie marschierten wieder in den Wald hinein über einen ausgefurchten Fahrweg, in dessen Löchern und Rinnen immer noch Regenwasser stand. Man sah die Hand vor Augen nicht, aber der Mann kannte ja den Weg.

Irgendwann nach langer, langer Zeit blieben sie stehen. Da war wieder der Hochsitz neben dem

Weg. Und vor ihnen hörte der Wald etwas auf, eine Lichtung. Aber auch die war stockdunkel.

Der Junge bemerkte etwas in der linken Hand des Mannes. Weil es dunkel war, konnte er es nicht erkennen. Der Mann zog ihn jetzt zu einem Baum neben dem Hochstand:

„Lehn Dich dagegen."

Er gehorchte und spürte die harten Stellen an dem knorrigen Baum durch den dünnen Anorak. Dann wurde ihm klar, was vor sich ging. Der Mann hatte ein Seil und begann, es um den Jungen und den Baumstamm zu wickeln.

Der Junge wehrte sich mit Händen und Füßen und wollte schreien, als ihm der starke Mann den Mund zuhielt:

„Wenn Du still hältst und keinen Mucks von Dir gibst, ist morgen alles vorbei. Wenn Du schreist, bring ich Dich um", zischte der starke Mann.

Der Junge hielt still – zitternd vor Angst.

Dann war er festgebunden an dem Baum.

„Bin gleich wieder da."

Der Junge wartete.

Dann hörte er in der Ferne, wie das Auto angelassen wurde und wegfuhr.

Er war allein.

Aber er durfte nicht schreien.

Vielleicht würde der Mann ja bald wiederkommen.

Er lauschte in den stillen Wald hinein, aber es nutzte nichts. Irgendwo in der Ferne fuhren Autos, aber sie kamen nicht in seine Richtung. Sie drosselten auch nicht ihre Geschwindigkeit. Nie. Er konnte so angestrengt lauschen, wie er wollte. Es kam niemand.

Und weil er sich so anstrengte beim Hinhören, drangen alle die anderen Geräusche des Waldes an seine Ohren: raschelndes Unterholz, Rascheln am Boden zwischen trockenen Blättern, Krächzen und dumpfes Rufen von Nachtvögeln, das Knacken von Zweigen im Gebüsch.

So ging es lange Zeit.

Der Mann kam nicht zurück.

Der Junge hielt es nicht mehr aus.

Die Angst überwältigte ihn, drohte ihn zu ersticken. Zitternd am ganzen Leib schrie er auf.

So laut er konnte.

Ein einziger, wilder, von nicht als Erschöpfung kontrollierter Schrei in die entsetzliche Dunkelheit hinaus. Bis ihm die Sinne schwanden.

Schließlich verschwand dieser Schrei übergangslos in eine Kaskade heftigen Schluchzens, bis er nur noch ein Wimmern aus sich heraus brachte.

Nach unendlich langer Zeit sackte er todmüde in sich zusammen und versank in einen traumlosen Schlaf.

Am nächsten Morgen wurde er von einem Jogger gefunden. Er hatte die Nacht überlebt.

Arbeit in Bonn und Umgebung

Kommissarin Tanja Maurer war in die
Archive abgestiegen: verschwundene Jungen – Alter
zwischen drei und acht Jahren, einfach mal so
geschätzt. Das Ganze zwanzig Jahre her.

Entführungsfälle waren immer spektakulär.
Gelöste oder ungelöste. Die hätten Aufsehen erregt.
Davon hätte sie auch so gewusst. Der Punkt war
schnell abgehakt.

Die Meldungen aus jener Zeit waren alle schon elektronisch erfasst. Das erleichterte ihre Arbeit.

Es gab drei Meldungen über verschwundene Jungen. Von besorgten Eltern gemeldet: von der Schule nicht hach Hause gekommen, vom Spielplatz nicht nach Hause gekommen, vom Besuch bei Freunden nicht nach Hause gekommen. Alle Fälle innerhalb eines halben Tages gelöst. Die Kinder hatten getrödelt, waren mit Kameraden spielen gegangen, hatten nicht auf die Zeit geachtet. Kein Verbrechen, kein Unfall. Nur elterliche Sorge.

Sie gab andere Suchkriterien ein: besondere Vorkommnisse ohne exakten Schlüsselwort-Bezug. Dann hatte sie ihre Meldung:

Name: unbekannt

Alter: fünf Jahre (geschätzt)

Geschlecht: männlich

Ort: Roleber

Es folgte ein Protokollauszug mit Datum:

Der Fall war achtzehn Jahre her. Ein Jogger hatte den Jungen frühmorgens in einem Waldstück bei Roleber im Rhein-Sieg-Kreis gefunden. Er war an einem Baumstamm gefesselt gewesen und konnte nicht sprechen.

Roleber gehörte wie Adendorf zum Rhein-Sieg-Kreis bei Bonn. Zu der Zeit lebte Ritter noch in Adendorf.

Sie benötigte die gesamte Akte aus dem physischen Archiv.

***

Mit dieser dann doch nur ziemlich dünnen Akte saß Mariechen jetzt vor dem Schreibtisch ihres Chefs:

„Der Junge wurde als amnesisch eingestuft. Ärzte und Psychologen konnten nichts aus ihm heraus bekommen. Er konnte sprechen, erinnerte sich aber an nichts mehr – auch nicht daran, wie er

188

hieß oder wo er her kam. Er hatte einen bayrischen Akzent."

„Was ist aus ihm geworden? Ich meine: haben unsere Leute noch irgendetwas gemacht?"

„Er ist in ein Heim gekommen. Ins Godesheim. Was dann mit ihm passiert ist, steht hier nicht. Die haben damals noch abgeglichen, ob so ein Kind vermisst wurde, aber haben nichts in unserem Verantwortungsbereich gefunden. Die Sache ist dann nach Köln gegangen. Mehr habe ich nicht."

„Also gut. In Köln nachfragen. Und im Godesheim."

***

Das Kind hatte einen Namen bekommen:
Adam Gut
Adam war nur drei Monate im Godesheim geblieben, dann war er zu einer Pflegefamilie gekommen – nach Siegburg auf der anderen Rheinseite.

Kommissarin Maurer sprach beim zuständigen Jugendamt im Kreishaus dort vor. Die Akte war nicht gleich zur Hand. An den Fall erinnerte sich jetzt niemand mehr. Die Mitarbeiter hatten gewechselt.

Drei Tage später hatte sie Namen und damalige Adresse der Pflegeeltern in ihrem Email-Konto.

Familie Berghaus in Siegburg

Die Familie wohnte nicht mehr an der angegebenen Adresse. Adam Gut auch nicht mehr. Der weitere Weg führte über das Einwohnermeldeamt. Die Familie war vor über zehn Jahren fortgezogen – nach Hamm.

Tanja Maurer fragte dort nach.

Man fand keine Meldung.

Ende der Spur.

***

„Wir müssen einen Abgleich fahren mit allen vermissten Jungen aus der Altersgruppe zu dem fraglichen Zeitpunkt, als das Kind gefunden wurde", schlug Klein weiter vor.

„Das hat man doch damals sicher schon gemacht."

„Kann sein, aber die Rechner waren damals noch nicht vernetzt. Es gab keine Zentralregister. Wenn der gefundene Junge bayrisch oder ähnlich sprach, können wir uns ja zunächst auf den süddeutschen Raum beschränken."

Kommissarin Maurer seufzte tief. Sie wusste gerade nicht so richtig, wo sie anfangen sollte. Am Besten in München. In der Polizeidirektion München – Zentrale Dienste.

Die Leute dort unten erwiesen sich als ausgesprochen kooperativ. Auf Knopfdruck nannte die Ansprechpartnerin ihr sieben unaufgeklärte Fälle von vermissten Jungen in der fraglichen Altersgruppe in dem Jahr. Maurer forderte eine Liste an, die zehn Minuten später in ihrem Postfach ankam. Jetzt hatte sie Arbeit bis zum nächsten Morgen.

***

Es blieben zwei Namen auf der Liste übrig. Fünf schieden aus. Das Kriterium, das Mauerer angewandt hatte, lautete „Ostern". Sie hatte sich an den Osterhasen erinnert, der ihr von der Besitzerin des Lebensmittelgeschäfts in Adendorf genannt worden war. Es musste sich also um einen Zeitraum um Ostern gehandelt haben, in dem der unbekannte Junge bei seinen Entführern gewohnt hatte. Und da kamen nur die beiden Übriggebliebenen in Frage.

Einer in München.

Einer in Rosenheim.

Sie nahm wieder Kontakt zur Polizeidirektion in München auf. Man schlug ihr vor, nach München zu kommen, um dort mit den Kollegen vor Ort Befragungen durchzuführen. Am nächsten Tag brachen sie und Kommissar Kessenich auf in Richtung Süden. Die Sonne schien.

Die Kollegen in München hatten jeweils Kontaktpersonen ausfindig gemacht, die mit den zurück liegenden Fällen zu tun gehabt hatten. Für den Münchener Fall war es die Mutter. Ein Besuch erübrigte sich: der Junge war inzwischen zurück gekehrt. Im Alter von sieben Jahren war er von zuhause, von seiner allein erziehenden Mutter, abgehauen und zu seinem leiblichen Vater gegangen: mit der U-Bahn. Dort hatte er sich ein halbes Jahr aufgehalten, bevor der Vater das Kind wieder zur Mutter zurück gebracht hatte. Damit war der Fall geschlossen. Man hatte nur vergessen, ein entsprechendes Update im Fahndungscomputer vorzunehmen.

Für den verbleibenden Fall mussten sie nach Rosenheim. In der Heilig-Geist-Straße wohnte der alte Großvater. Seine Frau war vor einem Jahr gestorben. Es waren die Großeltern gewesen, die damals die Vermisstenanzeige aufgegeben hatten.

Die Eltern waren auf einer Fahrt nach Norden tödlich verunglückt, aber ihr kleiner Enkelsohn war nirgendwo aufgefunden worden, nachdem man ihnen die traurige Nachricht über den Unfalltod ihrer Tochter und des Schwiegersohns mitgeteilt hatte. Das Kind war nicht in dem Unfallwagen dabei gewesen.

Wo sich der Unfall genau ereignet hätte, wollte die Kommissarin aus dem Rheinland wissen.

Auf einer Landstraße in der Nähe eines Ortes, der Pützchen hieß.

Tanja Maurer und Sven Kessenich machten große Augen.

„Sagt Ihnen das etwas", fragte der Kollege aus München, der bei der Befragung dabei war.

„In der Tat", erwiderte die Polizeibeamtin. „Das ist unser Revier, keine Viertelstunde von unserem Präsidium entfernt. Das muss er sein."

Nein, der Großvater hatte nichts von einer Entführung gehört. Davon hätten die Eltern nicht gesprochen. Sie hätten sich auch nicht förmlich abgemeldet. Das war nicht deren Art. Dass sie überhaupt unterwegs gewesen waren, hatten er und seine Frau damals erst durch die Benachrichtigung über den Unfall erfahren.

Die Eltern waren wohlhabende Leute gewesen. Er Arzt, sie Architektin. Sie hinterließen ein großes Haus mit wertvollen Möbeln und Bildern, aber erstaunlicherweise nur wenig Bargeld. Das Haus mussten die Großeltern schon bald verkaufen, da sie es nicht mehr unterhalten konnten – trotzdem der rechtmäßige Erbe, der verschwundene Junge, noch nicht wieder aufgetaucht war.

Es gab keine persönlichen Aufzeichnungen mehr, auch keine alten Kontoauszüge.

Tanja Maurer rief ihren Chef an.

Von wegen des Unfalls vor achtzehn Jahren bei Pützchen.

Hauptkommissar Klein wollte nachsehen, ob davon noch etwas in den Archiven zu finden war. Doch bevor er in die Tasten griff, hielt er inne und schaute nachdenklich aus dem Fenster in den Regen hinaus. Etwas kroch in seiner Erinnerung hoch:

„Ich geh zur Kripo", hatte er damals gesagt.

„Warum das?" wollte Oberwachtmeister Röding wissen

„Ich kann diese kaputten Verkehrsleichen nicht mehr ertragen. Das war jetzt der dritte Unfall mit Toten in dieser Woche. Ich hab die Schnauze voll."

„Meinst Du, bei der Kripo wär´ das besser?"

„Vielleicht."

„Wenn Du meinst."

So war es gewesen.

Damals

Im Nebel.

Das tote Reh.

***

Tanja Maurer und Sven Kessenich waren aus Bayern zurückgekehrt. Bericht in Thorsten Kleins Büro. Der Chef fasste zusammen:

„Ohne konkrete Belege – nur so aus dem Bauch – kann ich mir folgendes Szenario vorstellen: der kleine Junge – sein richtiger Name war Bastian Kunkel, später Adam Gut – wurde –wahrscheinlich von Ritter – entführt gegen eine Lösegeldforderung. Dafür spricht der niedrige Kontostand der wohlhabenden Eltern. Die Eltern vermeiden die Polizei und zahlen. In dem Auto, in dem sie bei Pützchen verunglückten, befand sich kein Geld. Durch den tödlichen Unfall misslingt die vorgesehene Übergabe des Kindes im Wald bei Roleber. Ritter – wenn er es denn war, aber die Indizien aus dem Dorf und die Aussage seiner Schwester deuten das an – lässt das Kind allein am Baum gefesselt zurück. Das Kind übersteht die Nacht mit einer kompletten Amnesie als direktes Ergebnis des Angsterlebnisses. So kann es gewesen sein.“

„Klingt logisch im Zusammenhang mit den Dingen, die wir wissen", bestätigte Kessenich. „Aber Adam Gut ist nicht aufzufinden. In Hamm verliert sich die Spur."

Kurzes Schweigen. Dann meldete sich die Maurer:

„Warum suchen wir eigentlich nach ihm? Ich meine, wegen des Verbrechens jetzt ja, aber ursprünglich. Es ging doch um den Mord an Ritter selbst. Die in Ueckermünde wollten doch wissen, was mit Ritter los war, und wo er das Geld her hatte, um seinen Mörder zu finden."

„Aber genau das ist es", warf Kessenich ein. „Es liegt nahe, dass es einen Zusammenhang zwischen den beiden Verbrechen gibt, obwohl das eine schon solange her ist. Vielleicht hat jemand davon gewusst und Ritter wieder erkannt."

„Und sich gerächt …", meinte Klein.

„Rächen kann sich doch eigentlich nur der Betroffene. Wie alt müsste Kunkel oder Gut denn heute sein?"

„Vielleicht Anfang bis Mitte zwanzig."

„Aber der hatte doch alles vergessen. Der wusste doch nicht einmal mehr seinen eigenen Namen."

„Das kann sich ändern im Laufe der Jahre. Das kann sich vielleicht schlagartig ändern, wenn irgendein Ereignis stattfindet. Dann kommt alles auf einmal zurück."

„Zum Beispiel, wenn jemand seinen Peiniger wieder erkennt", sagte Tanja Maurer ernst.

„Die da oben sollen nach Adam Gut suchen. Oder nach einem jungen Mann in dem Alter. Wir hier sind mit unserem Latein am Ende."

Adam Gut

Adam Gut wohnte mit seinen Pflegeeltern
die ihn anständig, wenn auch sparsam behandelten,
bis zu seinem zehnten Lebensjahr in Hamm in
Westfalen an der Römerroute. In der Münsterstrasse
in der Nähe eines kleines Parks. Dort ging er auch
zur Schule.

Seine neuen Eltern waren so eine Art
Althippies, aber eigentlich bürgerlich gewandelt.
Deshalb kam es eines Tages zu Reminiszenzen, als
der Pflegevater in der ADAC-Zeitung blätterte.

Ferne Reiseziele lockten mit Billigangeboten, und die Sehnsucht nach etwas Neuem, fast schon Verpassten ergriffen wieder die Gemüter seiner jetzigen Eltern. Schon kurz darauf wurde der Entschluss gefasst: eine Finca auf Mallorca sollte es sein. Sie hatten etwas Geld für ein Disagio, die Raten würden sie durch ehrsame Arbeit abstottern. Er war Physiotherapeut und sie hatte irgendetwas mit Kunsthandel zu tun.

Kurz und gut: Aufbruch – aber ohne Adam. Und ohne Abmeldung beim Einwohnermeldeamt. Adam kam zu einem Bruder des Pflegevaters: Heinrich Berghaus in Wettringen im nördlichen Münsterland. Berghaus arbeitete als Mechatroniker in einer Kfz-Werkstatt und hielt nebenbei seinen landwirtschaftlichen Nebenbetrieb aufrecht. Keine Frau, keine Kinder.

Adam fühlte sich wohl bei dem gutherzigen Mann. Da er ein aufgewecktes Kerlchen war, durfte er schließlich das Kopernikus-Gymnasium im nahen Rheine besuchen.

Jeden Tag mit dem Bus.

Bis zum Abitur.

Später ging er dann zur Leibniz-Universität nach Hannover. Unmittelbar nach seiner Ankunft erledigte er zwei wichtige administrative Vorhaben: er immatrikulierte sich im Universitätsbüro, nachdem er vorher beim Standesamt vorbei geschaut hatte, um seinen Namen zu ändern.

Der Experte

Trauer und Unruhe herrschten nach wie vor auf der archäologischen Baustelle. Alles befand sich ja noch in der Schwebe. An ein ruhiges Arbeiten war nicht zu denken, obwohl Professor Zucker darauf drängte. Schließlich ging es um Budget und Zeitplan. Kurzfristig hatte er mit dem Gedanken gespielt, das Vorhaben zu unterbrechen, aber nach Rücksprache mit seinem Dekan biss er die Zähne zusammen und verlangte dasselbe von seiner Truppe.

Störend waren natürlich auch die ständigen Unterbrechungen durch die Polizei, die immer wieder dieselben Fragen stellte. Aber daran war vorerst nichts zu ändern.

Um zügig voran zu kommen, hatte Zucker den großen Thomas Gitler bestellt. Gitler war ausgewiesener Experte in archäologischer Datierung anhand von Artefakten, die bei Ausgrabungen gefunden wurden. Er kam von der Universität Heidelberg und war kurzfristig abkömmlich.

Gitlers erste Pflicht nach den Dienstreiserichtlinien seiner Behörde war die Inanspruchnahme von öffentlichen Verkehrsmitteln. Also buchte er einen Platz im ICE von Frankfurt am Main aus bis Berlin, wo ihn Professor Zucker mit dem Wagen abholte.

Gitler hatte sich die fast dreistündige Fahrt auf dem Beifahrersitz anders vorgestellt. Er hatte sich auf Fachgespräche, erste Beschreibungen von Fundgegenständen und zeitlichen Einschätzungen seines Kollegen gefreut. Stattdessen fiel Zucker mit der Tür ins Haus und konfrontierte ihn direkt mit der hässlichen Mordgeschichte. Darauf war er ja nun gar nicht gefasst gewesen. Als Zucker endlich aufhörte, und sie den westlichen Berliner Autobahnring bereits verlassen hatten, befanden sie sich mittlerweile auf der A11, und im Auto herrschte Schweigen.

Das wurde nach gut zehn Minuten von einem ernüchterten Dr. phil. Thomas Gitler unterbrochen:

„Erzähl mir, was Ihr gefunden habt."

„Außer der Leiche – ich meine der alten Leiche – noch jede Menge"

***

Sie fuhren direkt zum Zelt. Dr. Gitler wurde mit großem Hallo empfangen – trotz aller traurigen Beklommenheit. Er war schließlich eine Koryphäe und Bereicherung für jedes Team. Nun war dieser gefragte Mann da. Man hatte alles gut vorbereitet.

Hände wurden geschüttelt, Gitler behielt keinen Namen außer dem des Professors, aber das tat nichts zur Sache. Er zeigte sich beeindruckt von der wissenschaftlichen Qualität der Grabungen, von Sorgfalt und Methodik. Da gab es nichts zu meckern. Aber dafür war er ja auch nicht gekommen.

Fragende Blicke, als der Experte mit der Begutachtung der Grube fertig war. Aber kein Urteil.

„Ich muss zuerst die Sachen sehen. Wo habt Ihr die?"

Die „Sachen" waren unter sicherem Verschluss in der Unterkunft des Teams im Zimmer von Professor Zucker in Aluminiumbehältern.

Gitler schritt das umliegende Gelände ab. Dann führte ihn die Truppe zum Wartislawstein. Er kannte den Stein von Fotos her und auch dessen Geschichte und Legenden.

„Hier ist es passiert", murmelte Zucker.

„Was ist hier passiert? Hier steht der Stein. Mehr nicht. Der Wartislaw ist hier doch nicht erschlagen worden. Das ist so gut wie sicher."

„Nicht der Wartislaw, aber unser Mitarbeiter."

Gitler schluckte. Dann drehte er sich um:

„Ich möchte die Sachen sehen."

***

Das Wetter war angenehm. Das archäologische Team hatte sich im Garten der Pension eingerichtet, Tische verschoben und Stühle herangezogen. Auf weißen Tüchern lagen Scherben, ein Dolch, Teile von Halsketten, Stoffreste, Lederschnüre, der Rest von einem Schuh, eine Spange.

Gitler begutachtete jedes Stück sehr sorgfältig. Manchmal drehte er ein Teil in eine andere Lage. Er trug Latex-Handschuhe. Er machte sich keine Notizen, sagte nur gelegentlich „hm" und „ja".

Dann verglich er den Gegenstand wieder mit dem Computerausdruck vor sich auf dem Tisch.

Als er fertig war, lehnte er sich in seinem Korbsessel zurück und ließ seinen Blick noch einmal langsam über die Schätze auf dem weißen Tuch gleiten.

„Und?" fragte Zucker etwas ungeduldig. „Kannst Du schon etwas sagen? Wie ist der erste Eindruck?"

Dr. Gitler schwieg. Dann bequemte er sich:

„Mein erster Eindruck ist, dass da etwas fehlt."

„Was fehlt? Was soll denn fehlen? Was meinst Du? Das ist alles, was wir haben. Aber wir sind ja noch nicht am Ende. Wir graben ja noch. Wir suchen ja noch die Ränder um das Grab herum ab. Da kann ja noch was kommen. Was brauchst Du denn noch?"

„Ich brauche alles, was auf dieser Liste hier steht. Das ist doch Eure Inventarliste oder nicht?"

„Ja. Das ist sie. Da steht alles drauf mit allem. Alles, was vor Dir liegt."

„Nein. Wer hat diese Liste nach welchen Vorgaben erstellt?"

„Das haben wir zusammen gemacht. Melanie hat dann alles in die EXCEL-Tabelle da vor Dir eingetragen. So ist die zustande gekommen."

„Dann ist sie fehlerhaft. Ein Teil, das auf der Liste steht, liegt nicht auf dem Tisch. Schau noch einmal in Deinen Kisten nach."

„Was fehlt denn?"

***

In der Polizeidirektion in Anklam ging das Telefon. Professor Zucker gab eine Anzeige auf. Er war ganz aufgeregt – nicht nur wegen des Tatbestands, sondern auch, weil er glaubte, einen wichtigen Hinweis auf das andere Tatmotiv, den

Mord an seinem Studenten, gefunden zu haben: ein Stirnreif, der bei ihren Ausgrabungen gefunden worden war, war aus ihrer Sammlung von Fundstücken verschwunden.

Jetzt gingen die Spekulationen los:

War Habgier das Mordmotiv gewesen?

War der Mörder hinter den Grabartefakten her gewesen?

Aber wie konnte er an die abgeschlossene Aluminiumtruhe gekommen sein, in der sich die bisherige Grabungsbeute befand?

Hatte er den Schlüssel vom Opfer entwendet?

Wie sollte Holms an den Schlüssel gekommen sein?

Und warum hatte der Täter dann nicht noch andere Gegenstände entwendet?

Es gab auch die umgekehrte Theorie:

Was, wenn Carsten Holms selbst der Dieb gewesen war?

Wenn er das gute Stück einem Hehler verkaufen wollte?

Und der ihn umgebracht hatte?

Im Streit?

In der Polizeidirektion waren sie jetzt ein Stück weiter gekommen. Alte Fragen waren verschwunden, neue an deren Platz getreten. Aber zumindest war jetzt das mystische Element aus ihren Gleichungen eliminiert. Anscheinend ging es bei dieser Sache um die ganz profanen Beweggründe: Habgier und Diebstahl. Da konnten sie etwas mit anfangen. Der alte Wartislaw war aus dem Spiel.

Das Lied

Mühsam ernährt sich das Eichhörnchen. Und wer langsam kaut, hat immer volle Backen.

Es ging weiter.

Schritt für Schritt.

Im Besprechungsraum in der Polizeidirektion an der Friedländerstrasse in Anklam hatten sich der Direktor Lampader, Hauptkommissar Zernik und Inspektorin Weißhaupt versammelt. Vor ihnen auf einem Tisch war allerhand technisches Gerät aufgebaut: ein Laptop – nichts Außergewöhnliches – zusätzlich zwei Lautsprecherboxen und eine Art

Steuerungsgerät. Vor diesem Gerät stand ein schlaksiger junger Mann in legerem Outfit und nahm Dozentenhaltung an:

„Meine Dame, meine Herren. Wir haben jetzt die Laboruntersuchungen des Sticks und der mysteriösen Audio-Datei abgeschlossen. Wir konnten den fremdländischen Text identifizieren. Ich spiele Ihnen jetzt die von den Nebengeräuschen bereinigte Datei noch einmal vor."

Knopfdruck. Dieses Mal ging es ohne optischen Sound Analyzer.

Gespanntes Schweigen.

Dann krächzte es aus den Boxen:

„Una canc… me ricke… ak ay
Cuando … marchen sillentsch … un un…."

Die röchelnde Stimme brach ab. Jemand anderes zischte dazwischen:

„Los! Weiter! Weiter!"

Dann ein Stöhnen.

Dann wieder: „Weiter! Weiter!"

Die röchelnde Stimme übernahm wieder:

Se fü con... canto tristo a o... lug
Deo com com... mi sole..."

Stöhnen.

Im Hintergrund wieder eine Art Mundharmonika.

„Genug", unterbrach Lampader die Vorführung. „Das ist ja dasselbe, was wir beim ersten Mal schon gehört haben. Ich erkenne keinen Unterschied. Was machen die in Rostock? Dafür haben wir solange gewartet?"

Der Techniker zeigte sich unbeeindruckt:

„Meine Dame, meine Herren. Sicher, der Fachmann hört vielleicht noch etwas anders heraus. Auf jeden Fall waren wir in der Lage, den Worten einen Sinn zu geben. Wenn Sie sich das einmal anschauen würden, bitte."

Er entnahm einer schmalen Ledermappe einige Blätter und verteilte sie. Sein Publikum studierte den Text darauf sorgfältig, aber mit zunehmenden Falten auf den Stirnen:

Una canción me recuerda aquel ayer

Cuando se marchó en silencio un atardecer

Se fue con su canto triste a otro lugar

Dejó como compañera mi soledad

Una paloma blanca me canta al alba

Viejas melancolías, cosas del alma

Llegan con el silencio de la mañana

Y cuando salgo a verla vuela a su casa

¿dónde va? que mi voz

Ya no quiere escuchar

¿dónde va? que mi vida se apaga

Si junto a mi no está

Si quisiera volver

Yo la iría a esperar

Cada día, cada madrugada

Para quererla más

Es war wieder Lampader, der die Fragen stellte:

„Was soll das sein. Ich verstehe kein Wort. Bitte, erklären Sie uns diese ganzen Geheimnisse, damit wir weiter kommen. Ich habe keine Lust auf noch mehr Rätselraten."

„Dann schauen Sie sich die Rückseite an, bitte."

Allgemeines Rascheln, als alle die Blätter umdrehten.

„Aha!" entfuhr es Frau Weißhaupt.

Dieses Mal konnten die Beteiligten wenigsten mit der Übersetzung etwas anfangen:

„Ein Wind weht von Süd und zieht mich hinaus auf See,
mein Kind, sei nicht traurig, tut auch der Abschied weh.
Mein Herz geht an Bord und fort muss die Reise geh'n,

Dein Schmerz wird vergeh'n und schön wird das
Wiederseh'n.
Mich trägt die Sehnsucht fort in die blaue Ferne,
unter mir Meer und über mir Nacht und Sterne.
Vor mir die Welt - so treibt mich der Wind des
Lebens.
Wein' nicht, mein Kind, die Tränen, die sind
vergebens."

Bevor noch jemand etwas sagen konnte, kam die Erklärung vom Techniker:

„Das ist nicht die verbale Übersetzung des spanischen Textes, aber das sind die deutschen Worte zur selben Melodie. Es handelt sich um das Lied La Paloma. Die gequälte Person hat es auf Spanisch hersagen müssen."

Polizeidirektor Lampader klickte mit dem Ende seines Kugelschreibers auf der Tischplatte herum:

„Den Stick haben wir mit den Hinterlassenschaften des Toten vom Wartislawstein gefunden. Entweder wir haben hier neue Ansatzpunkte oder es handelt sich um irgendeine Scherzaufnahme aus einem Horrorfilm oder von einer Party oder so. Dann ist es wertlos. Was meint Ihr?"

Zernik hatte eine Meinung:

„Ich nehme das ernst. Wir haben ohnehin wenig genug. Wir haben einen Mann, der gezwungen wird, dieses Lied zu singen und dabei offensichtlich von einem zweiten Mann gequält wird. Das Ganze wurde aufgenommen. Wir haben einen anderen Ermordeten, bei dem diese Aufnahme gefunden wurde. Das wirft eine ganze Reihe von Fragen auf: wer war der La-Paloma-Sänger? Wer war sein Peiniger? War es vielleicht unser Mordopfer selbst? Und ist er deshalb umgebracht worden? Was war das für ein Mensch? Warum hat er das aufgenommen?"

Jetzt hatte Inspektorin Weißhaupt eine Idee:

„Ich muss zugeben, dass ich die Worte auf der bereinigten Fassung auch nicht verstanden habe,

218

aber sie schien mir doch klarer zu sein, insbesondere auch die Zwischenrufe. ´Weiter, weiter` und so. Wenn das unser Mordopfer war, dann müssten ihn doch seine Kollegen von der Archäologie erkennen. Wir sollten ihnen das vorspielen.“

**

Professor Zucker, die Studenten Michael Dühn und Melanie Seegers und die beiden Assistenten Dr. Marc Kloster und Tobias Watermann waren in die Polizeidirektion gebeten worden. Der Experte Thomas Gitler blieb allein in der Pension zurück und machte auf eigene Faust Recherchen. Die Zeugen wurden einzeln in den Besprechungsraum geführt, wo man ihnen mehrfach unter Zuhilfenahme der Regelungsinstrumentarien des Steuergerätes den Anfang der Audio-Datei vorspielte. Im ersten Durchgang wurden sie gebeten, die beiden handelnden Personen auf der Aufnahme zu identifizieren. Die gestandenen Akademiker – der

Professor und seine beiden Assistenten –
überstanden die Prozedur mannhaft, konnten aber
nichts zur Identifizierung beitragen. Melanie Seegers
und Michael Dühn brachen beim Anhören
zusammen: die Frau musste unter Weinkrämpfen
von Weißhaupt aus dem Raum geführt werden,
obwohl sie nichts erkannt hatte. Es war einfach noch
der Schock über den gewaltsamen Tod ihres
Teamkollegen, der es ihr unmöglich machte, das –
zugegebenermaßen grausame – Hörspiel
durchzustehen.

Anders Michael Dühn.

Nach den ersten Takten fing er unartikuliert
an zu schreien und mit den Fäusten auf den Tisch zu
schlagen. Dann verbarg er sein Gesicht in den
Händen und wollte nicht mehr reden. Auch hier
noch einmal die Nachwirkungen auf den Schock
über den Tod des Teamkollegen.

Bei der zweiten Runde ließ man die beiden
aus. Jetzt wurde gezielt nach der Stimmerkennung
von Carsten Holms gefragt. Lediglich Dr. Kloster

meinte die Stimme des Quälgeistes schon einmal irgendwo gehört zu haben. Aber es war definitiv nicht Holms. Er konnte sich nicht weiter erinnern.

Man bat ihn, noch einmal darüber nachzudenken und sich wieder zu melden, falls es ihm wieder einfallen sollte.

Ansonsten war das Zwischenergebnis gleich null.

Connection

Es war wieder einmal Kaffee-Trinkens-Zeit in Anklam am Steintor. Die Kommissare Stefan Kirn und Jürgen Zernik tauschen sich inoffiziell aus.

Zernik berichtete lang und breit seinem Kollegen aus Ueckermünde über die neuesten Entwicklungen. Kirn hörte gespannt zu, als Zernik auf La Paloma zu sprechen kam. Seine Neuheidentheorie versank damit endgültig ins Bodenlose. Tausend Assoziationen kreisten in seinem Gehirn, aber er konnte keinen Fokus finden.

Aber bevor er mit neuen Theoriebildungen beginnen konnte, kam schon der nächste Schock:

„Da war dann noch etwas, was der ganzen Sache eine neue Richtung gab – etwas völlig Banales, wenn Du so willst", fuhr Zernik geheimnistuerisch fort.

„Und?"

„Stinknormaler Diebstahl."

„Diebstahl?"

„Ja, jemand hat was von den Ausgrabungsgegenständen geklaut. Da ist ein externer Experte gekommen, der hat Bestand aufgenommen. Und dabei haben sie entdeckt, dass ein Schmuckstück fehlt. Und haben Anzeige erstattet."

„Was für ein Schmuckstück?"

„Ein Stirnreif, den sie vorher aus dem Grab geholt haben. Und nur jemand von den Teammitgliedern von den Ausgräbern konnte an die Alu-Kisten ran, in denen sie die Gegenstände aufbewahrt hatten. Und jetzt wird vermutet, dass das eventuell unser Mordopfer, der tote Student, war. Und dass der Mord mit dem Diebstahl in Zusammenhang steht."

„Und was hat das mit La Paloma zu tun?"

„Wahrscheinlich nichts. Wahrscheinlich war das nur so ein morbides Hobby von dem Ermordeten. Hat der irgendwo aus dem Netz heruntergeladen. Die ganze Sache bei uns sieht nach Diebstahl und Habgier aus. Mehr ist da wahrscheinlich nicht."

Kommissar Stefan Kirn nippte an seinem Cappuccino und dachte nach. Bevor Zernik seinem Erzähldrang weiter nachgeben konnte, hob Kirn die Hand und zog gleichzeitig sein Smartphone aus der Innentasche seiner Lederjacke:

„Entschuldige kurz. Muss schnell mal in der Dienststelle anrufen."

Dann erhob er sich vom Tisch und ging einige Schritte auf der offenen Terrasse Richtung Ausgang. An der Treppe machte er kehrt, steckte sein Gerät weg und setzte sich wieder zu seinem Informanten.

„Es klingt seltsam, aber ich habe mich gerade noch einmal versichert: bei uns liegt seit ein paar Tagen eine anonyme Anzeige wegen eines vermuteten Diebstahls eine antiken Gegenstands vor.“

„Um was handelt es sich?“

„Um einen Stirnreif.“

Zernik fiel das Kinn auf die Brust.

„Wo wurde der gesehen?“

„Bei einer der Angestellten aus dem Ukranenland.“

„Das gibt´s doch nicht. Und …. Habt Ihr in der Richtung schon was unternommen?“

„Nein. Der Fall liegt da. Wir haben dem keine Bedeutung zugemessen. Wir haben uns nur auf diesen Ritualmord konzentriert.“

„Mensch. Da muss es doch aber eine Verbindung geben. Zwischen dem Reif und Eurem Mord und zwischen dem Reif und unserem – wenn es sich um denselben Reif handelt. Kann ja auch Zufall sein."

„Wären ein Bisschen viele, diese Zufälle in letzter Zeit."

„Ich glaube, wir müssen unseren Chefs von unseren Tête-à-têtes erzählen. Da geht jetzt kein Weg mehr dran vorbei. Geh Du nach Hause. Ich sprech´ gleich mit Lampader."

***

Polizeidirektor Lampader bestellte Hauptkommissar Wolter nach Anklam ein. Wolter war mit einem Grummeln im Bauch unterwegs gewesen, aber das verflog in dem Moment, als er von seinem Chef begrüßt wurde.

Sie waren allein bei der Besprechung. Es gab Kaffee aus Porzellantassen – nicht aus Plastikbechern – und Plätzchen von richtigen Tellern. Lampader war aufgeräumt und jovial. Sie tauschten den jeweiligen Wissensstand über ihre eigenen, separaten Projekte wie auch denjenigen darüber, was sie vom jeweils anderen wussten, aus.

„Ich meine, es war gut, dass sich unsere Leute so ganz inoffiziell zwischendurch informiert haben", zeigte sich Lampader zufrieden. „Das nenne ich pro-aktive, kreative Polizeiarbeit. Wenn alle so eine Einstellung hätten, wäre unser Leben leichter. Was meinst Du, Heinz?"

„Ganz Deiner Meinung", nickte Wolter erleichtert.

„So. Und was machen wir jetzt?"

„Wir müssen eine Sache schleunigst prüfen, bevor wir aus zwei Ermittlungen eine machen. Wir müssen feststellen, ob es sich bei dem fraglichen Stirnreif in beiden Fällen tatsächlich um denselben handelt. Meine Leute sind schon auf der Suche. Sobald wir den haben, müssen wir ihn den Archäologen vorlegen, um ihn definitiv zu identifizieren."

„Genauso machen wir das. Die hatten von all ihren Funden Fotos gemacht. Hier ist es."

Lampader schob eine Fotografie über den Tisch.

„Kannst Du mitnehmen. Auch für den Fall, dass das Original mittlerweile verschwunden ist. Vielleicht ist das schon auf dem Schwarzmarkt oder nach Polen verkauft. Wer weiß?"

„Danke."

„So. Und wenn die Identität stimmig ist, ändert sich die Großwetterlage komplett. Dann haben wir es mit einem einzigen, wahrscheinlich recht komplizierten Fall zu tun. Und den übernimmst Du komplett, Heinz. Du leitest das Ganze. Wir stellen Dir Zernik und Weißhaupt zur Seite. Klar?"

Wolter nickte.

Er wusste nicht, ob er sich freuen oder Sorgen machen sollte.

Als er eine Viertelstunde später wieder hinter dem Lenkrad saß und auf die 109 Richtung Pasewalk einbog, resümierte er: ein Stein war ihm vom Herzen gefallen, als es keinen Anschiss wegen der liegengebliebenen Diebstahlsanzeige gegeben hatte. Genugtuung hatte sich breitgemacht, dass auch Lampader jetzt einen Zusammenhang zwischen den beiden Mordfällen erkannt hatte. Aber dunkle Wolken beschlichen sein Gemüt, wenn er an die Komplexität des Falles dachte. Alleine schon rein optisch mussten zwei von Moderationskarten, Pfeilen und Fotos übersäte Pinwände übereinander gebracht werden. Die Vision von vielen Überstunden überkam ihn.

Konsolidierung

Und nun saßen sie wieder alle zusammen in der Liepgartener Straße: Wolter, Naumann, Kirn, Reuter und dieses Mal auch Zernik mit dabei:

Bei Kaffee aus Pappbechern.

Ohne Plätzchen.

Naumann verteilte tic tac.

Sie starrten auf das Spinnennetz, dass sich nach zwei Stunden Schweiß treibenden Brainstormings vor ihnen über zwei Pinnwände aufgebaut hatte. In der Mitte oben auf jeder Pinnwand prangte ein Foto: die Konterfeis der beiden Mordopfer, zwischen denen jetzt eine punktierte Linie mit blauem Edding gezogen worden war.

Links Ritter.

Rechts Holms.

Neben Ritter links ein Name mit großem Fragezeichen: Adam Gut?

Neben dem Foto rechts ein weiteres großes Fragezeichen: Kontaktperson nach Torgelow?

Und irgendwo quer darunter: La Paloma?

Wolter trat vor:

„Leute, ich fasse mal die offenen Fragen zusammen: wir haben eine Verbindung zwischen Torgelow und Grüttow über einen Stirnreifen. Das wurde uns an Hand des Fotos von Zeugen, von Angestellten, bestätigt. Die Frau, die das Schmuckstück getragen hat, heißt Henny Meier. Hier steht ihr Name. Das heißt: die Archäologen mussten sie kennen – oder sie hat das Ding inzwischen von jemand anderem gekauft oder geschenkt bekommen. Wir wissen, dass die

Archäologen kurz vor dem Mord an Ritter im Ukranenland mit den Handwerkern und Angestellten gefeiert haben. Das hatten wir bisher nicht beachtet. Jetzt wissen wir, dass das wichtig war. Dieser Abend. Wir werden Frau Meier jetzt in die Mangel nehmen. Nicole und Falko: könnt Ihr das übernehmen?"

Zustimmung.

„Ein großes Rätsel bleibt die Rolle von diesem Adam Gut. Wenn das ein Racheakt an Ritter wegen der Entführung war – wo ist Adam Gut? Er müsste dann hier in der Gegend sein, aber es gibt keine Spur, keine Personenbeschreibung. Nichts. Es dürfte heute nicht unmöglich sein mit den Informationssystemen, den Mann ausfindig zu machen. Stefan, kannst Du das übernehmen?"

Zögernde Zustimmung. Kirn war eher ein Mann für das Feld, nicht so sehr für den Schreibtisch.

„Was ist mit der Audio-Datei? Ich mache mir immer noch keinen Reim darauf. Hat das überhaupt etwas mit dem Fall zu tun?"

Zernik meldete sich:

„Die Datei befand sich im Besitz von Carsten Holms, der ermordet wurde. Nach allen Regeln der Kunst war deren Inhalt für einen Laien unbrauchbar – auch als Unterhaltungsmedium. Unsere Techniker haben festgestellt, dass die Datei kurz nach der Ermordung von Ritter auf dem Stick abgespeichert wurde. Das kann kein Zufall sein. Vielleicht wurde Holms ermordet, weil er im Besitz dieser Datei war?"

„Wir müssen uns das gesamte archäologische Team noch einmal vornehmen. Was haben die an dem Abend gesehen, als im Ukranenland gefeiert wurde? Wer von denen hat Frau Meier den Stirnreif verkauft? Jürgen, darum werden wir uns kümmern."

Henny

Drei junge Leute hatten es sich auf den
Bänken draußen vor der Cafeteria an einem der grob
gefügten Holztische bequem gemacht und tranken
aus großen Pötten Kaffee: zwei Männer und eine
Frau. Die Männer trugen graue, Kaftan ähnliche
Überwürfe, darunter weitärmelige dunkelgrüne
Blusen und braune lange Beinkleider. Ihre Füße
steckten in Lederlatschen. Alle drei befanden sich
im studentischen Alter. Die Frau war ähnlich
gekleidet. Sie trug ein langes weißes
Baumwollkleid, darüber eine Art dunkelgrüner

Schürze, die an den Rändern mit zickzackförmigen Stickereien verziert war. Ihre Füße steckten ebenfalls in hellbraunen Lederschuhen, die mit Riemchen an ihren Fesseln befestigt waren. Ihr Schmuck bestand aus drei Schnüren, auf denen einige bunte Steinchen aufgereiht waren, und die sie um den Hals trug und einem hölzernen, glatt polierten dicken Armreifen um ihr Handgelenk. Als Stirnband hatte sie sich einen einfachen Lederriemen umgebunden.

Es war noch früh am Tag, der gutes Wetter versprach: blauer Himmel mit viel Sonnenschein. Die Vögel zwitscherten in dem grünen Laubdach der mächtigen Bäume, unter denen die drei saßen. Ansonsten herrschte herrliche Ruhe, und auch die Bedienung im Kaffeehäuschen saß ungestört am Ausgabefenster und las den Nordkurier. Die Parkplätze neben dem Imbiss waren noch leer. Kein Besucher zu sehen.

„Was der heutige Tag wohl bringt?" fragte der junge Mann mit dem Bartansatz.

„Hoffentlich nicht wieder jemanden am Marterpfahl", kommentierte der andere.

Die junge Frau schwieg.

Ein grauer VW Passat rollte langsam auf den Parkplatz unter den Bäumen zu und suchte sich anscheinend ein schattiges Plätzchen.

„Die ersten kommen", seufzte der mit dem Bart. „Jetzt schon."

Ein drahtiger Typ, Mitte dreißig, hochgewachsen, hellblond und durchtrainiert und seine punkige Begleiterin stiegen aus.

„Die passen aber gar nicht zusammen", meinte die Frau.

Das Duo ging auf die Cafeteria zu, schwenkte dann aber in Richtung der drei jungen Leute – genauer gesagt: in Richtung auf die junge Frau. Der Mann zückte einen Ausweis:

„Kommissar Naumann. Polizei. Dies ist meine Kollegin Reuter. Sind Sie Frau Henny Meier?"

„Ja. Bin ich", kam es erschrocken zurück.

Die Gefährten rückten neugierig näher.

„Wir haben ein paar Fragen an Sie. Bitte, kommen Sie kurz mit zum Wagen."

Die beiden jungen Männer blieben unschlüssig stehen. Die Frau in der Cafeteria schaute zum Ausgabefenster hinaus und winkte ihnen.

Das Verhör fand außer Hörweite der anderen am Kfz der Polizisten statt. Nicole Reuter eröffnete und zeigte eine Fotografie:

„Erkennen Sie dieses Schmuckstück?"

Schulterzucken.

Dann:

„So was hab ich schon mal gesehen. Es gibt so viele."

„Es gibt Zeugen, die Sie mit diesem Reif an gesehen haben."

Frau Meier wandte ihr Gesicht in Richtung Cafeteria.

„Also, noch einmal: wo befindet sich dieses Schmuckstück, und woher haben Sie es bekommen?"

Die junge Frau schluckte. Dann kam es fast geflüstert:

„Zu Hause. Bei mir."

„Von wem haben Sie das?"

Zögern.

„Von einem von den Studenten."

„Von wem?"

„Von dem Einen. Der tot ist."

„Carsten Holms?"

„Ja. Von dem Carsten. Der hat mir immer was gebracht."

„Was denn noch?"

„Ja. Aus dem Grab. Schmuckstücke und so."

„Haben Sie die auch noch?"

„Ja. Bei mir zu Hause."

Naumann blickte Nicole Reuter an. Dann legte er sich fest:

„Frau Meier. Wir müssen das Verhör auf unserer Dienststelle fortsetzen. Bitte, steigen Sie ein."

Und er öffnete eine der hinteren Wagentüren. Reuter nahm auf der Beifahrerseite Platz. Als der Wagen abrauschte, folgen ihm drei Augenpaare vom Ausgabefenster der Cafeteria aus. Dann machten sich die beiden jungen Männer langsam auf den Weg den Wald entlang Richtung Ukranendorf.

***

Hauptkommissar Heinz Wolter beobachtete den Verhörraum durch die Mattscheibe von außen. Unerhörte Dinge offenbarten sich ihm. Offenbar hatte Holms im Laufe der Zeit nicht nur den registrierten Stirnreif aus einem der Alu-Koffer der Expedition entwendet, sondern tatsächlich auch weitere, von ihm selbst gefundene, nicht angezeigte Artefakte.

Der Durchsuchungsbefehl von Meiers Wohnung war bereits ausgestellt. Die Beamten gingen davon aus, dass die Geschenke von Holms

nicht ohne Gegenleistung von Meier geblieben
waren.

Aber es kam noch dicker.

„Kann man daraus schließen, dass Sie sich
gewisse Dienste für Holms mit diesen Naturalien
bezahlen ließen?" preschte Naumann forsch vor.

„Aber nein", schluchzte die junge Frau. „Ich
bin doch nicht so eine. Ich hab mich nicht
prostituiert."

„Das waren aber großzügige Geschenke. Sie
haben wohl keine Vorstellung davon, was die
Altertümer wert sind. So etwas gibt man doch nicht
für nichts her."

„Er war verliebt in mich. Er war ja noch so
naiv. Er wollte mich nicht verlieren."

„Gab es Grund für diese Sorge?"

„Ja. Das meinte er. Wegen dem Andern."

„Welchem Andern?"

„Wegen dem Michael."

„Michael?"

„Michael Dühn."

„Wer ist das?"

„Der ist auch aus dem Team. Ein Student",
unterbrach Nicole Reuter.

„Kannten Sie den auch näher?" wollte
Naumann wissen.

„Ja. Mit dem bin ich vorher gegangen. Durch
den hab ich den Carsten doch erst kennengelernt."

„Wie sind Sie denn immer mit denen
zusammen gekommen. Die wohnten doch bei
Anklam. Das sind doch fast fünfzig Kilometer."

„Ich hab doch ein Auto. Das hab ich denen
sogar manchmal geliehen."

Die beiden Beamten lehnten sich zurück.

Erst einmal Pause.

***

Sie spielten der erschrockenen Henny Meier
die La Paloma Datei vor. Sie konnte damit nichts
anfangen und verließ das Kommissariat unter
Schock zur weiteren Verfügung.

Vorher war sie natürlich noch nach Ihrem Alibi zur Tatzeit des Mordes an Carsten Holms befragt worden. Das hatte sich als wasserdicht erwiesen. Zu dem fraglichen Zeitpunkt war sie bei ihrer Mutter in Grambin gewesen.

Als sie mit dem Bus in Torgelow ankam und ihre Wohnung aufsuchte, war die Spurensicherung schon vor Ort.

Neben dem ominösen Stirnreif fanden sie noch drei weitere Gegenstände: ein Amulett, einen Armreifen und einige Perlen. Das Ganze wurde danach den Archäologen in ihrem Quartier vorgelegt. Die fotografierten und erfassten und Thomas Gitler war in seinem Element. Es gab nur einen Haken. Die Wissenschaftler durften die Stücke nicht behalten. Die galten vorerst als Beweismaterial. Falls nicht für den ganz großen Fall, dann wenigstens für das Verfahren wegen Hehlerei, das mit Sicherheit gegen Henny Meier angestrebt werden würde.

Verlorene Identität

Jürgen Zernik war doppelt motiviert. Zum Einen wegen des komplizierten Falls selbst und zum Anderen, weil er sein Geschick erstmalig in Kooperation mit Hauptkommissar Wolter beweisen konnte.

Er beschloss, eine kleine Rundreise zu machen, die er bereits kurz nach der letzten Status-Besprechung an der Liepgartener Strasse antrat. Er prokurierte einen der Dienstwagen aus Ueckermünde und machte sich auf den Weg nach Hamm in Westfalen – gute siebenhundert Kilometer entfernt. In der Münsterstrasse dort hatte er sich vorsorglich ein Zimmer in einem kleinen Hotel reservieren lassen – ganz in der Nähe der alten Adresse der Pflegeeltern von Adam Gut. Er erreichte den Ort gegen Mitternacht.

Am nächsten Morgen ging er Klinken putzen bei den ehemaligen oder vermeintlichen Nachbarn der Familie. Bis auf einer alten Frau war diese Familie den Leuten unbekannt. Die Frau erinnerte sich an das Ehepaar und auch an den Jungen, der bei ihnen wohnte. Sie wusste auch, dass das Ehepaar irgendwann „ausgewandert" war, wie sie sagte – nach Mallorca. Ob sie den Jungen mitgenommen hatten, wusste sie nicht. Auf jeden Fall verschwand der auch zur gleichen Zeit.

Zernik hatte also einen Ort und ein Zeitfenster. Die weiteren Recherchen erwiesen sich als aufwendiger, auch wenn er sie vom Hotelzimmer aus ausführen konnte. Er benötigte die Passagierlisten aller Flüge aus Deutschland, die in dem fraglichen Zeitfenster in Mallorca angekommen waren. Das war mehr als zehn Jahre her, und es ging um einen ganzen Monat. Die in Frage kommenden Gesellschaften waren schnell gefunden. Für die Namen der Passagiere benötigte er einen polizeilichen Beschluss, und dann würden die Leute bei den Fuggesellschaften selbst recherchieren. Das würde einige Zeit in Anspruch nehmen.

Zernik beschloss eine Abkürzung. Er veranlasste bei der Polizeidirektion in Anklam die Kontaktaufnahme mit den spanischen Behörden, das jetzt zur Fahndung ausgeschriebene Ehepaar in Mallorca zu orten. Auch das brauchte seine Zeit.

Bevor er sich wieder auf den Heimweg machte, recherchierte er selbst im Internet nach Menschen und deren Adressen mit demselben Namen. Es musste doch Verwandte geben! Vielleicht wussten die mehr.

„Berghaus" war kein so außergewöhnlicher Name. Es gab jede Menge davon. Er schränkte die Suche ein auf Nordrhein-Westfalen. Schließlich hatten die Leute zuerst in Siegburg gewohnt und waren dann nach Hamm gezogen. Blieben acht übrig. Drei erreichte er an diesem Morgen nicht.

Beim vierten wurde er schon fündig: Heinrich Berghaus in Wettringen bei Rheine. Der Mann war zufällig zu Hause, weil ihm ein Pferd ausgebrochen war, das er frühmorgens wieder eingefangen hatte. Er saß jetzt beim zweiten Frühstück, bevor er sich auf den Weg zu seiner Hauptarbeit machen wollte.

Ja. Die Leute aus Hamm kannte er gut. Das war sein Bruder, der seit langem auf Mallorca lebte.

Der Junge?

Adam Gut?

Der war dann bei ihm aufgewachsen.

Viele Jahre.

Jürgen Zernik beschloss, nach Wettringen zu fahren. Das war nicht weit. Gute fünfzig Kilometer von Hamm.

***

Gegen Mittag traf er auf dem kleinen Hof von Berghaus ein. Der Mann hatte sich kurzfristig frei genommen. Der Kommissar hatte ihm erzählt, dass Adam Gut gesucht wurde – ohne zu sagen, warum. Der Mann hatte sich beim Polizeirevier in Rheine rückversichert, dass alles mit rechten Dingen zuging, nachdem Zernik über Wolter den Kontakt mit der dortigen Dienststelle hergestellt hatte.

Heinrich Berghaus war ein freundlicher Mensch. Er bot Kaffee an und erzählte von seinem Bruder und dessen Frau, die es in Mallorca gut getroffen hatten. Aus der Finca war wohl nichts geworden, aber beide hatten einen Job in Palma gefunden und fühlten sich dort wohl.

Der Adam war zu ihm gekommen. War zum Gymnasium in Rheine gegangen und hatte dort Abitur gemacht. War danach nach Hannover gezogen. Dort zur Uni. Die Adresse hatte er nicht mehr, nur die alte, die erste. Dann war der Junge umgezogen und hatte sich nicht mehr gemeldet. Im ersten Semester hatte er ihm noch jeden Monat zweihundertfünfzig Euro auf sein Postsparbuch überwiesen, dann rief ihn der Student an, dass er das Geld nicht mehr bräuchte. Er hätte jetzt einen Aushilfsjob gefunden und käme aus. Das war auch so ziemlich die letzte Nachricht, und das war jetzt auch schon beinahe drei Jahre her. Irgendwann hatte er noch einmal eine Ansichtskarte von Adam aus Jordanien bekommen. Das war das letzte Lebenszeichen.

Nein. Er war nicht verbittert. Er konnte ja verstehen, dass der junge Mann mit seiner Vergangenheit Schluss machen wollte, nachdem er ja sein ganzen Leben lang rumgereicht worden war: zuerst seine ursprüngliche Familie, an die er sich nicht mehr erinnerte, dann das Heim, dann beim Ehepaar Berghaus, dann bei ihm. Was macht das nicht alles mit einem Menschen?

Ja, er hatte ihn beim Amt angemeldet, obwohl er von Hamm keine Abmeldepapiere hatte, aber die hatten das irgendwie auch so akzeptiert, weil er ja eine Art Waisenkind gewesen war. Sein

Bruder hatte ihm selbst die nötigen Papiere mitgegeben, Pflegevollmacht und dergleichen, den ganzen Vorgang. Die Behörden hatten sich dafür entschieden, den Jungen bei ihm zu lassen, statt eine andere Familie zu suchen, da der Junge ihn ja auch schon kannte.

Warum sein Bruder und seine Frau so bei Nacht und Nebel das Land ohne das Kind verlassen hatten? Keine Ahnung. Sie hätten sich nichts zu Schulden kommen lassen. Schulden? Finanzamt? Keine Ahnung. Wäre auch nicht sein Bier.

Aber warum würde Adam denn gesucht?

Mann brauchte ihn als Zeugen in einer Strafsache. Mehr ließ Zernik nicht heraus.

Er bedankte sich und machte sich auf den Weg nach Hannover.

***

Einwohnermeldeamt.

Hier wohnte kein Adam Gut.

In ganz Hannover nicht.

Zernik ließ nicht locker. Adam Gut hätte in Hannover studiert oder würde es noch tun.

Deshalb bräuchte er keinen festen Wohnsitz hier.

Aber er hatte ein Zimmer in Hannover gehabt. Mindestens der Vermieter hätte ihn melden müssen.

Nicht unbedingt.

Die Frau vom Amt wirkte genervt, blieb aber dennoch freundlich. Im Einwohnermelderegister fand sich kein Adam Gut. Aber sie schlug einen anderen Rechercheweg ein. Und wurde fündig:

„Hier haben wir ihn. Er hat vor knapp vier Jahren seinen Namen gewechselt."

Hauptkommissar Jürgen Zernik rief vom Auto aus per Mobiltelefon seinen Kollegen in Ueckermünde an:

„Habe Adam Gut gefunden. Er heißt heute anders. Halt Dich fest…."

„Verdammt!" schrie Wolter ins Telefon, als Zernik ihm die Identität preisgab.

„Verdammt gute Arbeit. Und jetzt komm heim. Wir können hier oben jede Hand gebrauchen."

Flucht

Henny Meier hatte eine SMS erhalten:

„Wann können wir uns treffen? MD"

Sie hatte zurück geschrieben:

„Wo?"

„Am Steintor 19:30."

Dort trafen sie sich.

Michael stieg in ihr Auto. Er tat sehr geheimnisvoll. Hatte einen Tagesrucksack bei.

„Ich muss abtauchen."

„Weshalb das?"

„Wegen dieser ganzen Sache. Du weißt schon."

„Was hast Du damit zu tun?"

„Fahr einfach los. Wir reden später."

Henny gab Gas, einmal um den Kreisel am Steintor, dann Richtung B109 /110, raus aus der Stadt.

„Willst Du zu Deinen Kameraden?"

„Auf keinen Fall. Halt Dich südlich, Richtung Pasewalk. Kannst Du mich irgendwo unterbringen, wo mich so schnell Keiner findet?"

Henny zitterten die Hände am Lenkrad und die Füße auf den Pedalen.

„Was soll das? Was ist los? Ich hab schon genug Scherereien mit den Bullen. Was hast Du gemacht?"

„Wieso hast Du Scherereien? Haben die Dich etwa auch vernommen wegen der Sache mit Carsten?"

„Ja. Plötzlich waren die da. Ich musste mitkommen."

„Wieso kamen die auf Dich?"

Sie erzählte ihm die Geschichte mit dem Schmuck. Er nickte nur:

„Soso. Der arme Carsten. Deshalb. Und jetzt hast Du Probleme. Schöne Bescherung. Hättest die Finger von ihm lassen sollen."

„Konnte ich doch nicht wissen, dass das alles geklaut war. Ich meine: er hat mir das nie so gesagt. Ich dachte, es gehörte alles ihm persönlich. Kenn mich nicht aus mit diesen Sachen. Sag mir lieber, warum Du abtauchen willst. Hast Du damit auch was zu tun? Dich haben die doch sicher auch befragt."

„Und ob die mich befragt haben. Sag mal: hat der Carsten Dir außer den Schmuckstücken noch andere Sachen gegeben?"

„Du meinst Klamotten oder so?"

„Nee, eher Elektronik. Hat er Dir vielleicht 'nen Stick oder 'nen Computer oder so was in der Richtung überlassen? Vielleicht 'n Handy?"

Michael war jetzt ziemlich ernst geworden. Noch ernster als vorher.

„Der hat mir nichts weiter gegeben als, was ich gesagt habe."

Michael streifte sie mit einem misstrauischen Seitenblick:

„Ehrlich?"

„Ehrlich. Und jetzt erzähl Du mir, warum ich Dich verstecken soll."

„Später."

„Nein jetzt!"

Ein fieses Gefühl hatte sie beschlichen, ein fürchterlicher Verdacht. Bisher war das Geplänkel mit den Studenten reiner Spaß gewesen. Aber dieser Spaß hatte sich in bitteren Ernst gewandelt. Einer war dabei auf der Strecke geblieben. Und sie musste auf die Polizei mitkommen. Das war ihr noch nie passiert. Mit einem Mal graute ihr vor dem Mann, der neben ihr im Auto saß. Er hatte etwas Bedrohliches. Sie wollte ihn fragen, wagte es aber nicht. Es war, als befände sie sich in seiner Gewalt.

„Ich kenne ein Boot auf der Zarow in der Nähe von Grambin. Liegt versteckt im Schilf. Es gehörte meinem Vater. Aber der ist schon lange tot. Das Boot liegt noch da. Es ist ein Segler mit Schlafkabine."

„Gut. In Grambin gibt es sicher einen Supermarkt. Da kaufen wir vorher ein, bevor wir aufs Boot gehen. OK?"

„Erstens gibt es in Grambin keinen Supermarkt. Das müssen wir unterwegs in Ducherow erledigen. Aber: wieso wir? Ich dachte, Du brauchst ein Versteck. Ich nicht. Ich hab ´ne Wohnung."

„Ich glaube, es ist besser, wir bleiben erst einmal zusammen. Oder liebst Du mich nicht mehr?"

„Doch, aber was soll das? Ich muss arbeiten."

„Kannst Du ja auch. Und abends kommst Du zu mir. Leistest mir Gesellschaft. – Damit ich nicht so einsam bin."

Er grinste sie von der Seite an.

„Ach so ist das", erwiderte sie erleichtert.

„Mal gucken. Und dann erzählst Du mir, was Sache ist."

„Genauso machen wir´s."

***

Kurz hinter Grambin, hinter der Brücke über die Zarow in Richtung Ueckermünde, gibt es einen kleinen Parkplatz neben der Landstraße. Dort ließen sie Hennys alten Ford Mondeo stehen. Mit Plastiktüten voller Vorräte behangen gingen sie die paar Meter zurück zur Brücke und stiegen zum Flussufer hinab. Hier lagen etwa zwanzig Boote an einem Steg vertäut, auf der anderen Seite der Brücke noch weitere. Henny führte ihren Begleiter einen Saumpfad am Flüsschen entlang, bis sie an einen dicken Schilfgürtel kamen. Die Mückenattacken nahmen zu, aber Michael konnte sich nicht richtig wehren, weil er die Plastiktüten am langen Arm hatte.

„Wo ist das verdammte Boot?"

„Hier."

Nichts war zu sehen außer dümpelndem Wasser unten im Schilf. Henny ging ins Schilf hinein. Die morschen Bohlen unter ihren Füßen hielten noch, und sie schob das Schilf auseinander. Michael hinterher. Nach knapp zehn Metern sahen sie das Boot – über und über bewachsen mit Kraut, Schilf und Binsen. Der ehemals weiße Rumpf war grün von Moos und Algen. Auf der blauen Persenning schichtete sich biologischer Abfall von unendlich vielen Jahreszeiten. Der Mast lag auf.

Henny ging in die Hocke, griff das Boot an der Reling und zog es sachte zu dem Rest, der einmal ein Steg gewesen war. Es bewegte sich tatsächlich. Sie griff links neben der Kabinentür unter das Segeltuch und holte einen verrosteten Schlüssel hervor. Damit schloss sie die Kabinentür auf und trat zurück. Michael hatte alles genau beobachtet.

„Da wären wir. Dein Heim."

„Geh Du vor."

Sie sprang auf das Boot, das bedenklich an zu schwanken fing, und verschwand in der Kabine, deren Fenster mit einer grauen, fast Licht undurchlässiger Kruste überzogen waren. Drinnen mühte sie sich ab, die Verriegelung eines der Seitenfenster zu lösen. Ohne Erfolg.

„Lass nicht so viele Mücken rein". Tönte es von außerhalb.

Michael reichte ihr die Plastiktüten und seinen Rucksack hinein und bestieg dann etwas unbeholfen das Boot. Dann verschwanden beide ins Innere nach unten. Sie wollten sich erst einmal einrichten.

Gefundene Identität

Heinz Wolters Team war inzwischen nicht untätig geblieben. Während Zernik sich auf der Rückreise befand, hatten sie noch einmal die beiden Gesellen aus Ritters Betrieb und die Buchhalterin vorgeladen. Ein letzter Versuch, die Stimmen auf der Audio-Datei zu identifizieren.

Alle drei hörten lange und wiederholt dem seltsamen Gestammel zu:

„Una canc... me ricke... ak ay
Cuando ... marchen sillentsch ... un un...."

Die röchelnde Stimme brach ab. Jemand anderes zischte dazwischen:

„Los! Weiter! Weiter!"

Dann ein Stöhnen.

Dann wieder: „Weiter! Weiter!"

Die röchelnde Stimme übernahm wieder:

Se fü con… canto tristo a o… lug
Deo com com… mi sole…"

Stöhnen.

Im Hintergrund ein Art Mundharmonika..

Das seltsame Röcheln war eine Art Gesang mit Harmonika-Begleitung.

Dann nickte die Buchhalterin.

„Das ist er."

„Wer?" fragten gleich zwei Leute aus der Runde der anwesenden Polizeibeamten: Wolter und Naumann.

„Ritter. Der da singt, das ist Ritter."

Große Augen rundherum.

„Ritter?" fragte Wolter ungläubig.

„Das war mein Chef. Ich bin mir sicher."

Und auch die beiden Schreinergesellen nickten jetzt.

„Und wer ist der andere. Der da immer dazwischen spricht?"

Schweigen und Schulterzucken.

„Kann ich nicht sagen", erwiderte die Frau.

„Gut. Erst mal vielen Dank."

***

Jetzt waren die Ermittler wieder unter sich. Wolter fasste zusammen:

„Wenn das Opfer auf der Tonaufzeichnung Ritter war, dann muss der andere Mann der Täter gewesen sein. Den Stick haben wir bei Holms, dem zweiten Mordopfer gefunden. Es gibt zwei Möglichkeiten: entweder er ist der erste Mörder und hat aus Spaß an der Sache das Ganze aufgenommen, oder aber er war Zeuge und hat so das Geschehen aufgenommen und den Mörder damit erpresst. Der hat sich dann mit ihm am Wartislawstein getroffen und ihn auch umgebracht. Wenn aber Holms der erste Mörder selbst gewesen ist, dann wissen wir nicht, warum er ermordet wurde – und von wem. Eins ist aber sicher: beide Morde haben eng miteinander zu tun."

„Wenn aber Holms der erste Mörder war, dann stimmt unser Theorie über Adam Gut nicht", warf Naumann ein.

Wolter ließ seinen Blick über die beiden Pinwände schweifen:

„Wird Zeit, dass wir uns um den Typen kümmern. Und um Henny Meier. Ich will wissen, wer von den Studenten wann mit ihrem Auto wo hingefahren ist. Vorladen."

Kommissar Kirn sprang auf und verließ den Raum. Die anderen tranken erst in Ruhe ihren Kaffee aus. Aus Pappbechern.

Kommissar Zernik betrat den Besprechungsraum und wurde mit großem „Hallo" begrüßt:

„Da kommt der Urlauber", scherzte Nicole Reuter.

„Von wegen Urlaub. Das war ein hartes Stück Ermittlungsarbeit, kann ich Euch sagen."

Zernik setzte sich in die Runde. Er hatte sich auf dem Flur auch noch schnell einen Pappbecher aus dem Automaten gezogen und machte es sich jetzt am Tisch bequem.

Small Talk.

Und konkrete Berichterstattung.

Stefan Kirn betrat wieder den Raum:

„Zwei Fehlanzeigen. Michael Dühn ist nach Aussagen seines Chefs, Professor Zucker, seit gestern Abend verschwunden, hat sein Zimmer nicht benutzt und ist auch heute zum Frühstück nicht erschienen. Er wäre eigentlich mit Küchendienst dran gewesen. Und Henny Meier ist heute Morgen auch nicht zur Arbeit erschienen."

Wolter schlug mit der Faust auf den Tisch.

„Scheiße."

Und nach kurzem Zögern:

„Dann ist die Zeugin in Gefahr. Oder sie ist Komplizin. Aber Holms und Dühn waren Nebenbuhler. Vielleicht war das das Motiv für Holms´ Ende?"

„Oder Dühn vermutet, dass die Frau von Holms was für ihn Belastendes bekommen hat. Bei den vielen Gaben, die Holms ihr zugesteckt hat."

„Dann ist sie erst recht in Gefahr", donnerte der Hauptkommissar. „Wir brauchen Handy-Ortung. Sofort."

Kirn verschwand wieder aus der Tür. Die Mobilfunknummern der Zeugen waren alle bei den jeweiligen Vernehmungen aufgenommen worden.

Endspiel

Michael Dühn starrte finster auf die milchigen, verdreckten Scheiben der Bootskabine. Vor ihm, auf der Ablage neben dem Armaturenbrett lag eine zerknüllte Bäckertüte, daneben Krümel und ein angebissenes Körnerbrötchen ohne Belag. Daneben eine halb ausgetrunkene Tüte Eistee.

Unten auf dem Bett ausgestreckt die verzweifelte Gestalt seiner Gefährtin, die Hände mit Kabelbinder vor dem Körper gefesselt.

„Du hast Carsten auf dem Gewissen", piepste sie mit hohler Stimme. „Du konntest es nicht vertragen, das mit ihm und mir."

„Sei still. Du nervst. Ich will wissen, was er Dir noch gegeben hat, und was er Dir erzählt hat."

„Wovon?"

„Alles."

„Du bist ja verrückt. Wir waren zusammen. Das war alles. Wie lange willst Du mich hier noch festhalten?"

„Solange, bis Du mir alles erzählt hast. Hörst Du?" schrie er. „Alles! Alles!"

„Du bist ein feiger Mörder. Du hast Carsten erschlagen. Das weiß ich jetzt. Wenn ich jemals wieder hier rauskomme, dann ...."

„Dann was?"

„dann .... dann..."

Der Mann in der Kabine senkte jetzt seine Stimme:

„Ja, wenn .... dann. Aber nur dann."

Die junge Frau begann zu weinen, als draußen jemand rief.

***

Polizeidirektor Lampader hatte SEK-Unterstützung genehmigt. Vor und hinter der kleinen Brücke über die Zarow lag jeweils ein Schlauboot mit je zwei Scharfschützen postiert, im Schilf bis zu den Hüften im Wasser mit Mücken umschwirrten und geschwärzten Gesichtern weitere Männer mit kugelsicheren Westen und Stahlhelmen.

Ganz ohne Tarnung vorne an dem maroden Steg, der zu dem blauen Segelboot führte, posierten die Hauptkommissare Wolter und Zernik, auf dem Saumpfad in einigen Metern Entfernung stand Kommissar Kirn mit gezogener Waffe.

Oben an der Straße bei den Fahrzeugen warteten Nicole Reuter und Falko Naumann.

Wolters Stimme tönte durchs Megafon:

„Hier ist die Polizei. Das Boot ist umstellt. Alle Personen rauskommen. Mit erhobenen Händen."

Das wiederholte er dreimal.

Aber es kam niemand.

„Adam Gut! Kommen Sie heraus. Das Spiel ist aus."

Stille.

Die Nacht war doch vorbei, der Nebel hatte sich gelichtet, und Morgentau lag auf dem Schilf. Das war die Stunde, in der Adam endgültig heim geholt wurde.

Die Kabinentür öffnete sich vorsichtig. Zernik drehte sich um und bedeutete den SEK-Männern mit einer Geste, die Waffen unten zu halten.

Die Tür öffnete sich ganz, und heraus trat Henny Meier, ihr Hände vorne mit Kabelbindern gefesselt. Unmittelbar hinter ihr – fast an ihren Körper gepresst – tauchte die Gestalt von Michael Dühn auf. Mit der einen Hand hielt er den linken

Arm seiner Gefährtin umklammert, in der anderen befand sich ein langes Küchenmesser, das er seitlich gegen ihren Hals richtete:

„Wir wollen freies Geleit zu Hennys Auto. Macht Platz!"

Wolter senkte das Megafon ab, und Zernik machte mit dem Kopf eine kurze ruckartige Bewegung in Richtung einer der SEK-Leute, die im Schilf verborgen waren. Der Mann befand sich unmittelbar hinter Dühn, der jetzt mit seiner Geisel vom Boot herunter auf den Steg gestiegen war.

Zwei Handgriffe von hinten, und Dühn schlug im Wasser auf, das Messer irgendwo im Schilf, und dann hatten sie ihn in Gewahrsam.

Henny Meier rannte auf Wolter zu. Kurz bevor sie bei ihm war, brach eine Planke im Steg und sie stand mit einem Bein hüfttief im Wasser. Ein anderer SEK-Mann befreite sie aus dieser misslichen Lage.

***

Michael Dühn hatte immer noch seine nassen, stinkenden Sachen an, als er im Vernehmungsraum saß. Er hatte einiges zu beantworten, aber bevor die eigentliche Befragung los ging, musste er sich zuerst noch einmal eine Audio-Aufzeichnung anhören:

„ Una canc… me ricke… ak ay
Cuando … marchen sillentsch … un un…. "

Die röchelnde Stimme brach ab. Jemand anderes zischte dazwischen:
„Los! Weiter! Weiter!"
Dann ein Stöhnen.
Dann wieder: „Weiter! Weiter!"
Die röchelnde Stimme übernahm wieder:

Se fü con… canto tristo a o… lug
Deo com com… mi sole… "

Stöhnen.

Im Hintergrund ein Art Mundharmonika..
Das seltsame Röcheln war eine Art Gesang mit
Harmonika-Begleitung.

„Wir kennen den Mann, der stöhnt, aber wir
wüssten zu gerne, wer der Taktgeber auf dieser
Aufnahme ist", insistierte Wolter.

Michael Dühn saß zusammengesunken auf
seinem Stuhl und schwieg. Als Wolter gerade den
Mund öffnete, um seine Frage zu wiederholen, holte
Dühn tief Luft und murmelte etwas.

„Bitte? Wir haben nichts verstanden."

Neben Wolter und dem Verhafteten befand
sich noch Stefan Kirn im Raum. Die anderen
schauten von draußen aus zu.

„Jeden Abend musste ich mir das anhören.
Und mitsingen. Jeden Abend", kam es aus dem
jungen Mann heraus.

„Und immer war die Alte dabei. Und die
dumme Schwester. Jeden Abend. Mit seinem

Akkordeon. Damals wusste ich noch, wie ich hieß. Danach nicht mehr. Als ich im Wald war."

Er durfte sich umziehen. Man hatte seinen Rucksack mitgebracht vom Boot. Da waren saubere Klamotten drin. Dann ging das Verhör weiter.

Er hatte Ritter wieder erkannt auf dem Grillabend im Ukranenland, als der mit dem Akkordeon seine Shanties spielte, auch La Paloma. Nach all den Jahren, nachdem Ritter ihn allein im Wald zurück gelassen hatte.

Er hatte einen Plan.

Und ein Auto.

Das von Henny.

Er besorgte sich den spanischen Text.

Warum?

Nur so:

Um Ritter zu quälen.

Er lauerte Ritter auf und gab sich zu erkennen. Ganz freundlich. Ritter ahnte nichts. Er begrüßte ihn wie einen alten Bekannten. Sie tranken sogar ein Bier zusammen.

Bis zu jenem Abend.

Die Gesellen hatten längst Feierabend gemacht. Ritter war noch geblieben. Wollte noch etwas nachprüfen. Das Tagewerk. Bevor er die Rechnung stellen konnte. Da schlug Dühn zu. Und Ritter endete am Marterpfahl. Dühn hatte eine Mundharmonika dabei und eine Textblatt. Das Ergebnis konnten sie auf der Datei selbst hören. Anschließend erstach er seinen alten Entführer, dem er vorher schon genug Schmerzen zugefügt hatte, und verbreiterte dessen Mund. Er erstach ihn mit einem rostigen Krummdolch, den er vorher in dem Grab bei Grüttow gefunden hatte.

Ritters Wagen entsorgte er auf einem Parkplatz in Ueckermünde. Von dort nahm er den Bus nach Anklam.

Aber es gab ein Problem.

Jemand war in der Nähe gewesen.

Wegen Henny.

Henny war nicht erschienen, aber der Zeuge war dennoch da. Mit seinem Smartphone, das er als Aufzeichnungsgerät benutzte.

Davon erfuhr er aber erst später.

Als Holms ihn in einer stillen Stunde darauf ansprach. Holms wusste, dass er kein Geld von ihm verlangen konnte. Er hatte ja keins. Er wollte etwas anderes. Er wollte das Mädchen.

Das war ihm egal.

Konnte er haben.

Aber die Tatsache, dass er von nun an für immer erpressbar geworden war, ließ ihm keine Ruhe.

Das musste weg.

Er verabredete sich mit Holms am Wartislawstein. Wollte die Sache mit ihm besprechen. Nach Feierabend. Nach ihrem letzten gemeinsamen Bier bei Rudi. Sie waren mit Hennys Wagen hingefahren.

Holms schaffte es nicht mehr.

Nach dem Gespräch.

Er blieb am Stein liegen.

Ganz in der Nähe.

Expertise

Professor Zucker hatte zwei Expeditionsmitglieder verloren. Sein Team war auf traurige drei Personen zusammen geschrumpft. Außer ihm und Thomas Gitler natürlich. Sie packten ein.

Schweigend und bedrückt.

Zwei Alu-Koffer mit Grabbeilagen.

Die Leiche aus der kalten Gruft war schon längst ins Institut verfrachtet worden, wo sie weiterer forensischer Untersuchungen harrte.

Gitlers Verdikt war eindeutig.

Den sie ausgegraben hatten, war nicht Wartislaw. Er war älteren Datums. Bei den Artefakten hatte man Perlen gefunden, die aus dem Orient stammten. Ein Handlungsreisender namens Mas´udi, der etwa um 970 die Gegend besucht hatte, muss diesen Schmuck damals dort verkauft haben. Er berichtet auch schriftlich über seine Begegnungen mit den Slawen. Diese Zeugnisse sind erhalten geblieben. Das war alles vor Wartislaw. Vielleicht zweihundert Jahre vorher.

Wissenschaftlich gesehen, war Zucker mit dem Ergebnis seiner Kampagne zufrieden. Trotzdem fuhr er als geschlagener Mann nach Hause.

Danksagung

Mein Dank gilt den Historischen Werkstätten Ukranenland e. V., und hier wiederum besonders Frau Corina Lutz für die Zusammenstellung und Überlassung des umfangreichen Dokumentationsmaterials über diesen einzigartigen Ort.

Das Kapitel über Odo ist 1. Könige 21 nachempfunden, der Geschichte von Nabots Weinberg.